巴金散文系列

龙·虎·狗

山東畫報出版社
济南

图书在版编目（CIP）数据

龙 · 虎 · 狗 / 巴金著. —济南：山东画报出版社，2023.4
（巴金散文系列）
ISBN 978-7-5474-4225-8

Ⅰ. ①龙… Ⅱ. ①巴… Ⅲ. ①散文集－中国－现代 Ⅳ. ①I266

中国国家版本馆CIP数据核字(2023)第043516号

LONG · HU · GOU
龙 · 虎 · 狗
巴　金　著

巴金故居策划

责任编辑　怀志霄
装帧设计　蔡立国

主管单位　山东出版传媒股份有限公司
出版发行　山东画报出版社
社　　址　济南市市中区舜耕路517号　邮编　250003
电　　话　总编室（0531）82098472
市场部（0531）82098479
网　　址　http://www.hbcbs.com.cn
电子信箱　hbcb@sdpress.com.cn
印　　刷　山东临沂新华印刷物流集团有限责任公司
规　　格　130毫米×185毫米　32开
6印张　5幅图　6.57千字
版　　次　2023年4月第1版
印　　次　2023年4月第1次印刷
书　　号　ISBN 978-7-5474-4225-8
定　　价　36.00元

如有印装质量问题，请与出版社总编室联系更换。

巴金1941年摄于重庆，当年7月初，由重庆到昆明，并在昆明完成本书大部分篇章

狗

巴金

《狗》1940年11月14日重庆《国民公报》刊出时版面

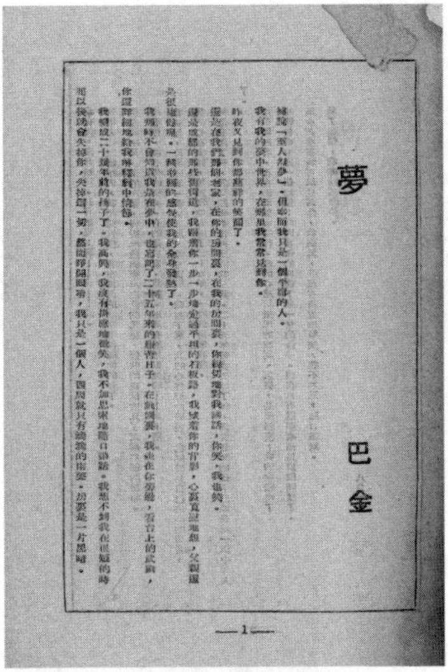
夢

巴金

雖說「至人無夢」，但我仍舊只是一個平常的人。

我有我的夢中世界，在那裏我常常見到你。

昨夜又見到你那蕭瑟的笑顏了。

—1—

《梦》1942年1月《自由中国》新1卷5—6期合刊刊出时书影

《龙·虎·狗》
1942年初版本书影（作者自存本）

《龙·虎·狗》
1943年3月渝二版书影

出版说明

本书收作者1940—1941年间所写散文，其中大部分为1941年夏天在昆明写成。作者在《序》中说："书名《龙·虎·狗》，并无深意，我不过把书中三篇短文的题目借用来作书名，同时也表示书里没有什么劝道传世的大文，都是些'随便谈谈'而已。"

本书作为作者主编的文学丛刊第七集之一种，文化生活出版社1942年1月初版。20世纪60年代香港南国出版社曾翻印过。全书大部分经修订后收入《巴金文集》第十卷(人民文学出版社1961年10月版),全书又收入《巴金全集》第十三卷(人民文学出版社1990年4月版)。附录中《关于〈龙·虎·狗〉》一文为编者所加。

此次据《巴金全集》目次和文本排印,个别文字和用法仍保持原貌,并未根据当下编校规范修改和统一。

目　录

龙·虎·狗

附　录

龙·虎·狗

序[*]

到了这里一个月，正遇着雨季，差不多天天落雨。早晨起来便听到淅沥的雨声，午夜梦回，也会听见淅沥的雨声。这雨似乎就滴在我的心上，真叫人心烦。

雨落大了，我们这个巷子里就淹了水，

---

* 本篇最初发表于一九四一年八月二十二日《新蜀报·蜀道》。发表时题为《〈龙·虎·狗〉题记》。

有时必须赤脚走过。水退得快。但是水退了，路又滑得很。人走一步，身子不免要摇晃一下。一不小心，谁都会摔倒在泥水里。

因此在上午或傍晚，或夜间，除了到附近茶铺去泡开水外，我不常到外面去。我总是坐在窗前书桌旁边，有时看书，有时写信，有时也写短文。这些时候好像心里装了很多东西似的，我只想把它们倾吐。拿起笔就想写文章。这样我每天总要写满两三张稿纸。

今天把写过的稿纸检点一下，一共是十九篇短文，连以前存放在上海友人处的四篇较长的文章，也可以编成一本小书了，我便花了半个上午的功夫，将集子编好。自己翻看一遍，想想也算做了一件事情。书名《龙·虎·狗》，并无深意，我不过把书中三篇短文的题目借用来作书名，同时也表示书里没有什么劝道传世的大文，都是些“随便谈谈”而已。

外面又在下雨，天是病态的苍白色，这雨不知要下到哪一天为止。我心里闷得慌，我想快些把面前一堆文章封好，冒雨到邮局寄发。淋淋雨或许可以使我的心畅快些。

雨渐渐地小了，天空还是那么阴暗，外面忽然响起了飞机声。我跑到露台上去看，正有三架飞机冒雨低飞。看见自己飞机的雄姿，我觉得心里爽快。在这里最使人兴奋的事便是看见自己的飞机列队飞翔。

巴金　1941年8月5日在昆明。

静寂的园子*

没有听见房东家的狗的声音，现在园子里非常静。那棵不知名的五瓣的白色小花仍然寂寞地开着。阳光照在松枝和盆中的花树上，给那些绿叶涂上金黄色。天是晴朗的，我不用抬起眼睛就知道头上是晴空万里。

---

* 本篇最初发表于一九四〇年十一月二十五日《现代文艺》第二卷第二期，为《轰炸中及其他》之一则。

忽然我听见洋铁瓦沟上有铃子响声，抬起头，看见两只松鼠正从瓦上溜下来，这两只小生物在松枝上互相追逐取乐。它们的绒线球似的大尾巴，它们的可爱的小黑眼睛，它们颈项上的小铃子吸引了我的注意。我索性不转睛地望着窗外。但是它们跑了两三转，又从藤萝架回到屋瓦上，一瞬间就消失了，依旧把这个静寂的园子留给我。

我刚刚埋下头，又听见小鸟的叫声。我再看，桂树枝上立着一只青灰色的白头小鸟，昂起头得意地歌唱。屋顶的电灯线上，还有一对麻雀在吱吱喳喳地讲话。

我不了解这样的语言。但是我在鸟声里听出了一种安闲的快乐。它们要告诉我的一定是它们的喜悦的感情。可惜我不能回答它们。我把手一挥，它们就飞走了。我的话不能使它们留住，它们留给我一个园子的静寂。

不过我知道它们过一阵又会回来的。

我坐在书桌前俯下头写字，没有一点声音来打扰我。我可以把整个心放在纸上。但是我渐渐地烦躁起来。这静寂像一只手慢慢地挨近我的咽喉，我感到呼吸不畅快了。这是不自然的静寂。这是一种灾祸的预兆，就像暴雨到来前那种沉闷静止的空气一样。

我似乎在等待什么东西。我有一种不安定的感觉，我不能够静下心来。我一定是在等待什么东西。我在等待空袭警报；或者我在等待房东家的狗吠声，这就是说，预行警报已经解除，不会有空袭警报响起来，我用不着准备听见凄厉的汽笛声（空袭警报）就锁门出去。近半月来晴天有警报差不多成了常例。

可是我的等待并没有结果。小鸟回来后又走了；松鼠们也来过一次，但又追逐地跑上屋顶，我不知道它们消失在什么地方。从我看不见的正面楼房屋顶上送过来一阵咶咶的乌鸦叫。这些小生物不知道人间的事情，它们不会带给我什么信息。

我写到上面的一段，空袭警报就响了。我的等待果然没有落空。这时我觉得空气在动了。我听见巷外大街上汽车的叫声。我又听见飞机的发动机声，这大概是民航机飞出去躲警报。有时我们的驱逐机也会在这种时候排队飞出，等着攻击敌机。我不能再写了，便拿了一本书锁上园门，匆匆地走到外面去。

在城门口经过一阵可怕的拥挤后，我终于到了郊外。在那里耽搁了两个多钟头，和几个朋友在一起，还在草地上吃了他们带出去的午餐。警报解除后，我回来，打开锁，推开园门，迎面扑来的仍然是一个园子的静寂。

我回到房间，回到书桌前面，打开玻璃

窗，在继续执笔前还看看窗外。树上、地上、满个园子都是阳光。墙角一丛观音竹微微地在飘动它们的尖叶。一只大苍蝇带着嗡嗡声从开着的窗飞进房来，在我的头上盘旋。一两只乌鸦在我看不见的地方叫。一只黄色小蝴蝶在白色小花间飞舞。忽然一阵奇怪的声音在对面屋瓦上响起来，又是那两只松鼠从高墙沿着洋铁滴水管溜下来。它们跑到那个支持松树的木架上，又跑到架子脚边有假山的水池的石栏杆下，在那里追逐了一回，又沿着木架跑上松枝，隐在松叶后面了。松叶动起来，桂树的小枝也动了，一只绿色小鸟刚刚歇在那上面。

狗的声音还是听不见。我向右侧着身子去看那条没有阳光的窄小过道。房东家的小门紧紧地闭着。这些时候那里就没有一点声音。大概这家人大清早就到城外躲警报去了，现在还不曾回来。他们回来恐怕在太阳落坡的时候。那条肥壮的黄狗一定也跟着他们“疏散”了，否则会有狗抓门的声音送进我的耳里来。

我又坐在窗前写了这许多字。还是只有乌鸦和小鸟的叫声陪伴我。苍蝇的嗡嗡声早已寂灭了。现在在屋角又响起了老鼠啃东西的声音。都是响一回又静一回的，在这个受着轰炸威胁的城市里我感到了寂寞。

然而像一把刀要划破万里晴空似的，嘹亮的机声突然响起来。这是我们自己的飞机。声音多么雄壮，它扫除了这个园子的静寂。我要放下笔到庭院中去看天空，看那些背负着金色阳光在蓝空里闪耀的灰色大蜻蜓。那是多么美丽的景象。

1940年10月11日在昆明。

大黄狗*

早晨园子外面意外地响起一阵狗叫。大概是邻家那条黑白花的狗的叫声。我想起了这里的大黄狗。我好几天没有看见它了。

往常，敌机还不曾飞到这个城市来投炸弹的时候，清早我起身不久，就会听见房东

* 本篇最初发表于一九四〇年十一月十四日《国民公报·文群》。

家通园子的小门依呀地一响，一条大黄狗带着快乐的叫声从窄小的过道奔进园子来。它并不挨近园中花草，也不去寻找食物。它的第一个工作便是到掩着的园门口大声叫唤，一面用嘴和脚去推动园门，想把门拨开。然而门是扣上了的，它忙了一阵，还是没有办法。有时候它居然把扣子摇脱了，但是房东家的小孩马上走来把扣子扣上。所以它始终打不开那两扇红漆的木门。不过它从门缝也可以嗅到外面的空气，瞥见外面世界的景象。

它每天总要在门口徘徊好些时候，有两三次它还带着求助似的吼声用力抓那木门。但是门始终关着，没有人来给它帮忙。它又望着门狂吠一会儿，然后绝望地转身往园内跑。它经过我的房门，跑到后面园子里去。后面的园子比较大，那里还有房东为他们一家人建筑的防空室。可是它在那个地方只跑了两转，房东家的小孩就走来把它唤了进去。于是小门一闭，园子里又寂然了。

在上月三十日的大轰炸以后，一连几天园子里都没有狗的脚迹。我上午照例在房里读书写字等警报。有时我把疲倦的头从桌上抬起，就想起了大黄狗抓园门的事情。听不见那样的声音，我觉得寂寞。

昨天早晨，我刚刚在书桌前坐下，就听见房东家小门打开的声音。我想，大黄狗该出来了罢。它果然箭也似地飞奔出来了。

虽然离开了几天，它还是没有忘记它的日课。它进园来第一件事就是抓门。自然这不会有结果。不过这一次它的渴望似乎更大了。它不住地拼命推门，它好像抱了不把门推倒不停止的决心似的。可是它刚刚把扣子摇脱，房东家的小孩就立刻跑来扣上，而且等它刚转身往后园里跑去，那个小孩便将它赶进过道，赶进小门，使它的影子消失在依呀的闭门声里。

我想到那条得不着自由的狗的失望，心里非常不舒服。我又记起它好几次带着和善的表情望着我叫的事。两个月来它从没有用过凶恶的眼光看我。它或许是把我当作朋友来向我求助也未可知。可惜我不懂它的语言，不能够给它帮忙。我明白自由是一个生物所不可缺少的东西，不说人，便是狗也知道爱自由。然而我却不能够帮助一条狗得到自由。

写完以上的话，我又因为空袭警报跑到郊外。今天看到了可怖的轰炸。下午五点钟回到城里，在灾区走了一转，触目尽是断瓦颓垣。一个朋友告诉我，他在一间倒下的房屋前面看见一条狗的尸首，连肚肠都露在外面。

晚间我回到园子里，迎着我的只有冷冷的月光和蟋蟀的悲鸣。我站在松树下水池旁边，想起了那条爱自由的大黄狗。我不知道它是否也会得到这样的结果。我还记得它的面貌，尤其是在它和善地望着我的时候，它就像一位长发、长眉、长须的老人。

1940年10月13日在昆明。

爱尔克的灯光*

傍晚，我靠着逐渐黯淡的最后的阳光的指引，走过十八年前的故居。这条街、这个建筑物开始在我的眼前隐藏起来，像在躲避一个久别的旧友。但是它们的改变了的面貌于我还是十分亲切。我认识它们，就像认识

* 本篇最初发表于一九四一年四月十九日《新蜀报·蜀道》。

我自己。还是那样宽的街，宽的房屋。巍峨的门墙代替了太平缸和石狮子，那一对常常做我们坐骑的背脊光滑的雄狮也不知逃进了哪座荒山。然而大门开着，照壁上“长宜子孙”四个字却是原样地嵌在那里，似乎连颜色也不曾被风雨剥蚀。我望着那同样的照壁，我被一种奇异的感情抓住了，我仿佛要在这里看出过去的十八个年头，不，我仿佛要在这里寻找十八年以前的遥远的旧梦。

守门的卫兵用怀疑的眼光看我。他不了解我的心情。他不会认识十八年前的年轻人。他却用眼光驱逐一个人的许多亲密的回忆。

黑暗来了。我的眼睛失掉了一切。于是大门内亮起了灯光。灯光并不曾照亮什么，反而增加了我心上的黑暗。我只得失望地走了。我向着来时的路回去。已经走了四五步，我忽然掉转头，再看那个建筑物。依旧是阴暗中一线微光。我好像看见一个盛满希望的水碗一下子就落在地上打碎了一般，我痛苦地在心里叫起来。在这条被夜幕覆盖着的近代城市的静寂的街中，我仿佛看见了哈立希岛上的灯光。那应该是姐姐爱尔克点的灯罢。她用这灯光来给她的航海的兄弟照路，每夜每夜灯光亮在她的窗前，她一直到死都在等待那个出远门的兄弟回来。最后她带着失望进入坟墓。

街道仍然是清静的。忽然一个熟习的声音在我耳边轻轻地唱起了这个欧洲的古传说。在这里不会有人歌咏这样的故事。应该是书本在我心上留下的影响。但是这个时候我想起了自己的事情。

十八年前在一个春天的早晨，我离开这个城市、这条街的时候，我也曾有一个姐姐，也曾答应过有一天回来看她，跟她谈一些外面的事情。我相信自己的诺言。那时我的姐姐还是一个出阁才只一个多月的新嫁娘，都说她有一个性情温良的丈夫，因此也会有长久的幸福的岁月。

然而人的安排终于被“偶然”毁坏了。这应该是一个“意外”。但是这“意外”却毫无怜悯地打击了年轻的心。我离家不过一年半光景，就接到了姐姐的死讯。我的哥哥用了颤抖的哭诉的笔叙说一个善良女性的悲惨的结局，还说起她死后受到的冷落的待遇。从此那个作过她丈夫的所谓温良的人改变了，他往一条丧失人性的路走去。他想往上爬，结果却不停地向下面落，终于到了用鸦片烟延续生命的地步。对于姐姐，她生前我没有好好地爱过她，死后也不曾做过一样纪念她的事。她寂寞地活着，寂寞地死去。死带走了她的一切，这就是在我们那个地方的旧式女子的命运。

我在外面一直跑了十八年。我从没有向人谈过我的姐姐。只有偶尔在梦里我看见了爱尔克的灯光。一年前在上海我常常睁起眼睛做梦。我望着远远的在窗前发亮的灯，我面前横着一片大海，灯光在呼唤我，我恨不得腋下生出翅膀，即刻飞到那边去。沉重的梦压住我的心灵，我好像在跟许多无形的魔手挣扎。我望着那灯光，路是那么远，我又没有翅膀。我只有一个渴望：飞！飞！那些熬煎着心的日子！那些可怕的梦魇！

但是我终于出来了。我越过那堆积着像山一样的十八年的长岁月，回到了生我养我而且让我刻印了无数儿时回忆的地方。我走了很多的路。

十八年，似乎一切全变了，又似乎都没有改变。死了许多人，毁了许多家。许多可爱的生命葬入黄土。接着又有许多新的人继续扮演不必要的悲剧。浪费，浪费，还是那许多不必要的浪费——生命，精力，感情，财富，甚至欢笑和眼泪。我去的时候是这样，回来时看见的还是一样的情形。关在这个小圈子里，我禁不住几次问我自己：难道这十八年全是白费？难道在这许多年中间所改变的就只是装束和名词？我痛苦地搓自己的手，不敢给一个回答。

在这个我永不能忘记的城市里，我度过了五十个傍晚。我花费了自己不少的眼泪和欢笑，也消耗了别人不少的眼泪和欢笑。我匆匆地来，也将匆匆地去。用留恋的眼光看我出生的房屋，这应该是最后的一次了。我的心似乎想在那里寻觅什么。但是我所要的东西绝不会在那里找到。我不会像我的一个姑母或者嫂嫂，设法进到那所已经易了几个主人的公馆，对着园中的花树垂泪，慨叹着一个家族的盛衰。摘吃自己栽种的树上的苦果，这是一个人的本分。我没有跟着那些人走一条路，我当然在这里找不到自己的脚迹。几次走过这个地方，我所看见的还只是那四个字："长宜子孙"。

"长宜子孙"这四个字的年龄比我的不知大了多少。这也该是我祖父留下的东西罢。最近在家里我还读到他的遗嘱。他用空空两手造就了一份家业。到临死还周到地为儿孙安排了舒适的生活。他叮嘱后人保留着他修建的房屋和他辛苦地搜集起来的书画。但是儿孙们回答他的还是同样的字：分和卖。我很奇怪，为什么这样聪明的老人还不明白一个浅显的道理：财富并不"长宜子孙"，倘使不给他们一样生活技能，不向他们指示一条生活道路？"家"这个小圈子只能摧毁年轻心灵的发育成长，倘使不同时让他们睁起眼睛去看广大世界，财富只能毁灭崇高的理想和善良的气质，要是它只消耗在个人的利益上面。

“长宜子孙”，我恨不能削去这四个字！[①]许多可爱的年轻生命被摧残了，许多有为的年轻心灵被囚禁了。许多人在这个小圈子里面憔悴地捱着日子。这就是“家”！“甜蜜的家”！这不是我应该来的地方。爱尔克的灯光不会把我引到这里来的。

于是在一个春天的早晨，依旧是十八年前的那些人把我送到门口，这里面少了几个，也多了几个。还是和那次一样，看不见我姐姐的影子，那次是我没有等待她，这次是我找不到她的坟墓。一个叔父和一个堂兄弟到

① 一九五六年十二月我终于走进了这个“公馆”。“长宜子孙”四个字果然跟着“照壁”一起消失了。（一九五九年注）

车站送我，十八年前他们也送过我一段路程。

我高兴地来，痛苦地去。汽车离站时我心里的确充满了留恋。但是清晨的微风，路上的尘土，马达的叫吼，车轮的滚动，和广大田野里一片盛开的菜子花，这一切驱散了我的离愁。我不顾同行者的劝告，把头伸到车窗外面，去呼吸广大天幕下的新鲜空气。我很高兴，自己又一次离开了狭小的家，走向广大的世界中去！

忽然在前面田野里一片绿的蚕豆和黄的菜花中间，我仿佛又看见了一线光，一个亮，这还是我常常看见的灯光。这不会是爱尔克的灯里照出来的，我那个可怜的姐姐已经死去了。这一定是我的心灵的灯，它永远给我指示我应该走的路。

1941年3月在重庆。

悼范兄*

昨夜窗外落着大雨，刚刚修补好的屋顶，阻止不了雨水的浸泻，我用一个面盆做武器，跟那接连不断的雨滴战斗。我躺在床上，整夜发着高热，不能闭上眼睛，那些时候我都想起你，我善良仁厚的亡友。我的心燃烧着，

---

* 本篇最初发表于一九四一年十一月十日《抗战文艺》第七卷第四、五期合刊。范兄，指陈范予。

我的身体燃烧着，但我的头脑却是清醒的。在这凌乱地堆满家具和书报的宽大楼房的黑暗中展开了十二年的友情。你的和蔼的清瘦的面颜，通过了十二年的长岁月，在这雨夜里发亮。在闽南一个古城的武庙中，我们第一次握手，这是我最初从你的亲切的话里得到温暖和鼓舞。没有经过第三个人的介绍，我们竟然彼此深切地了解了。是社会改革的伟大理想把我们拉拢的。你为着自己的理想劳苦了二十年，你把你的心血、精力、肌肉都献了给它，人们看见你一天天地瘦下去，弱下去。一直到死，你没有停止过你的笔和唇舌。

我没有忘记，就是在十二年前那个南国的秋天里，我们在武庙的一个凉台上喝着绿豆粥，过了二三十个黄昏，我们望着夜渐渐地从庭前两棵大榕树繁茂的枝叶间落到地上，畅快地谈论着当前的社会问题和美丽的未来的梦景。让我们热情的声音，在晚风中追逐。参加谈话的人，我记得有时是五个，有时是六个。他们如今散处在四方，都还活得相当结实，却料不到偏偏少了一个你。

在朋友中你是一个切实的人。即使在侈谈梦景的时候，你也不曾让热情把你引到幻想的境域里去。在第一次的闲谈中我就看出来，甚至当崇高的理想在你脸上发光的时候，你也仍旧保持着科学的头脑。靠着你，我多知道一些事情，我知道怎样节制我的幻想，不让夸张的梦景迷住了我的眼睛。凉台上的夜谈并不是白费的。至少对我已经发生影响了。

在那个古城里，我们常常同看秋夜的星空。在那些夜里我也曾发着高热，喝着大碗神曲汁，但是亿万的发光的生命，使我忘记了身体的燃烧。从星球的生命中，我更了解了“存在界”的意义。你告诉我许多关于星球的事，让我知道你怎样由宇宙问题的探讨，而构成了你的生活哲学。

白天你又从外面那些浮着绿萍的水沼、水潭里带回来一杯、一瓶的污水，于是在你的书桌上，显微镜下面展开了一滴水中的世界，使我看见无数的原生动物的活动与死亡。

在你这里我看见了那无穷大的世界，在你这里我也看见了那无穷小的世界。我知道人并不是宇宙的骄子，我知道生命无处不在，我知道生命绵延不绝。你的生活哲学影响了我的。你的待人的态度也改变了我的。倘使我今天从我的生活中完全抽去了你的影响，则我将成为一个忘恩的人而辜负了亡友的期望了。

你不是一个空谈家，也不是一个发号施令的英雄。在武庙凉台上的夜谈中你就显露了你的真实面目。谦逊、大量、勤勉、刻苦，这都是你的特点。你不是一个充满夺目光彩的豪士，也不是一个口如悬河的辩才。你是用诚挚，用理智，用坚信，用恒心来感动人的。别人把崇高的理想用来做成自己头顶上的圆光的时候，你却默默地在打算怎样为它工作，为它牺牲。所以你牺牲了健康，牺牲了家庭幸福，将自己的心血作为燃料，供给那理想多放一点光辉，却少有人知道你的名字，或者还有些不做一事的人随意用轻蔑的态度抹煞了你的工作。

的确在生前你是常常被人误解的。有人把你看作一个神经质的肺病患者，有人把你视为一个虚伪的道学家，还有人以为你只是一个被生活担子压得透不过气来的读书人。有好多次那些狂妄的、或者还带有中伤意味的话点燃了我的怒火，我愤慨地、热烈地争辩，我甚至愿意挖出我的心，只为了使友人能够更明白地了解你。我这争辩自然是没有用处的，我的话并不曾给你的面影增加光彩。后来还是你自己用你的笔、你的唇舌、你的工作精神、你的生活态度把许多颗年轻的心拉到你的身边，还是你自己用这些把别人投掷在你的面影上的污泥洗去，是你自己拨开了那些空谈家的烟雾，直立在人们的面前，不像一个病人，却像一个战士，一个被称为“生命的象征”的战士（一个朋友称你做“生命的象征”，她这话的确不错）。

诚然十二年前我就知道你是一个肺病患者，而且我们也想得到有一天你终于会死在这个不治之症上。但是和你在一起时我却始终忘记你是一个病人。你的思想、你的言语和你的行为都不带丝毫的病态。人从你的身上看不到一点犹疑，一丝悲观，一毫畏怯。

你不寻求休息，却渴望工作。你在各处散布生命，你应该是一个散播生命种子的人。十几年前你写过歌颂战士的文章，到临死你还写出了《生之欢乐》。你最后留下遗言，望年轻人爱真理向前努力。

在《战士颂》中你坦白地说过："我激荡在这绵绵不息、滂沱四方的生命洪流中，我就应该追逐这洪流，而且追过它，自己去制造更广、更深的洪流。我如果是一盏灯，这灯的用处便是照彻那多量的黑暗。我如果是海潮，便要鼓起波涛去洗涤海边一切陈腐的积物。"

在《生之欢乐》的开端，你更显明地承认："有人把人生当作秕糠，我却以为它是谷粒。有人把人生视同幻梦，我却以为它是实在。有人把人生作为苦乐，我却以为它是欢乐。有许多人以人生为苦恼、黑暗、艰难、乏味、滞钝、不自由、憎恨、丑恶、柔弱的象征，我却认为人生是爱、美、光明、自由、活泼、有为、创造、进步的本身。”

你还勇敢地叫喊：“人生的美、爱、力量，都是从奋斗中创造出来的。所以人不是环境的奴隶，而是环境的主人……从奋斗的人格中，我们窥见生之光明，生之进步，生之有为，生之自由。……人生的解释受了积极思想的指导，人将为自由，为光明，为爱，为美，为创造，为进步而生，因此人将与压迫、黑暗、暴行、丑恶搏斗。燧石因相击而生火，人则由奋斗而尝到生之欢乐。”

我从未听见过像这么美丽的洋溢着生命的战歌！在朋友中就只有你一个人是这么热情地在各处散布生命，鼓舞希望！在一个孩子的纪念册上你写着：“希望是人生所需要的，人如没有希望，何异江河涸了流水。”你这条江一生就没有涸过流水。不但这样，而且你这条江更投入在“那个人类生活的大海里”，用你自己的话，“在大海里你得到了伟大的生命力，发见了不灭的希望”，的确一直到死，你没有失掉希望。

你和我都曾歌颂过战士，我们的战士所用的武器，不是枪和刀，却是知识、信仰，和自己的意志。他把自己的意志锻炼成比枪刀更锋利、更坚实、更耐久的东西。他永远追求光明。他并不躺在晴空下面享受阳光，他却在暗夜里燃起火炬给人们照亮道路。对于他，生活便是不停的战斗。他不是取得光明而生存，便是带着满身伤痕而死去。你正是这类战士的一个典型，你从不知道灰心与绝望，你永没有失去青春的活力。

“除非他死，人不能使他放弃工作，”这是我称誉战士的话。你确实做到了这个地步。

甚至在你的最后两年间，你的肺病已经进入第三期，你受着那么大的肉体痛苦的折磨，在死的黑影的威胁下，你还实践了你那“以有限的余生，为社会文化、思想运动作最后努力”的约言，完成了《科学与人生》、《达尔文》、《科学方法精华》三部译著。这许多万字，都应该是在“胸部剧痛”和“咳嗽厉害”中写成的。最后躺在死床上，你还努力写着你那篇题作《理想社会》的文章。可见一直到死都是些什么事情牵系住你的心。

十几年来你努力跟死挣扎，你几次征服了死，最后终于给死捉了去。这应该是一个悲剧。但是想到你怎样在死的威胁下努力工作，又以怎样的心情去接受死，我觉得这是一个壮观。一个朋友说，临死的你比任何强健的友人“都更富于生命力”！另一个青年友人却因为你以濒死之躯竟能够如此平静地保持着“坚决的信心和旷达的态度”而感到惭愧。一个温柔的女性的心灵曾经感动地为你写下这样的赞辞：“透过那为病菌磨枯了的身体，我望见了一个比谁都富于生命的欣欣向荣的灵魂！永远不绝望，永远在求生，——为工作而生。”我应该给她添上几句：而且像一个播种的农夫，永远在散播生命的种子。你以一种超人的力量平静地吞食了那一切难忍的病痛，将它们化作生命的甘泉而吐出来。难道世间还有比这更强健的人？还有比这更美丽的生命的表现？

自然在你一生中，经济的压迫与生活的负担很少放松过你。要是换上一个环境，你也许至今还在美国的实验室里度着岁月。你也并不是没有“向上爬”的机会。对你的生活有决定影响的更不是经济的压迫。你为了理想才选取现在走的这条路，而且也是为了理想才选取了过去所走过的路。甘愿过着贫苦生活，默默地埋头工作，在绝望的情形下苦苦地支持着你的教育事业，把忌恨和责难全引到自己的身上，一直到用尽了自己的力量，使事情告一个段落，才又默默地卸下两肩的责任，去到另一个地方开始接受新的工作。倘若单是为了个人的生活，你不会让工作把你的身体磨到这样；倘若单是为了个人的生活，你又不会有那么坚强、充实的精力，在患病垂危的最后二年间还做出那样多的事情。

通过了你的一生，你始终把握着战士的武器。你的一生就是意志征服环境的一个最有力的表现，你做了许多在你的处境里似乎是不可能的事情。你在艰苦的环境中锻炼自己，创造自己，只为了来完成更大的工作。你终于留下不少的成绩和不小的影响而去了。你的死使我想到了法国大革命时期的启蒙学者龚多塞，他在服毒以前安静地写下了遗言："科学要征服死。"我又想起一个躺在战场上的兵，他看见自己的战胜的旗帜在敌人的阵地上飘扬，才安然闭上燃烧的眼睛。

有了这样辉煌的战绩以后，你对自己的死应该没有遗憾了。你是完成了你的任务以后才倒下的。而我们呢？作为你的朋友的我们，至少我是没有理由来哀悼你的。失去了这个散布生命的人，失去这个"生命的象征"，像这样一个生命的壮观如今竟然在我们的面前永久消去，我们应该感到何等的寂寞。我们应该为这个巨大的损失悲痛。

在这里我不敢提说到个人的私谊，这几年来我已经失掉不少能够了解我、鼓舞我、督责我、安慰我、帮助我的友人，如今又失去这个不可少的你！十二年来的关切、鼓励、期望、扶助（我永不能忘记"八·一三"以后两个月你汇款给我的事，那时你自己也是相当困苦的），现在都成了一阵烟，一阵雾。我在成都得到你的死讯回来，读到你生前寄出的告别信。我读了开头的几句：“无论属于公的或属于私的，我有千言万语需要对你说，但我无从说起，”我只有伏在书桌上淌泪，范兄，我不是在为你流泪，我是在哭我自己。

在你的告别信里还有两段我不能卒读的话，我不知道你是怎样把它们写下来的，你甚至带点残酷地说：

> 自去年冬至节以后，忽然变成终日喘哮不绝，且痰塞喉间，乎卢乎卢作响，咽喉剧痛，声音全部哑失。现由中西医诊断，谓阴历十二月一个月为生死关键。
>
> 最近几个月来我已受够了病的痛苦，因为喉痛，连鲜牛乳、鸡汁都不能自由

的吃。四肢和身躯已成枯柴，仅剩了骨和不光泽的皮。我已不能自己穿衣，不能自己研墨执笔，我的身体可说完全失了自由。

在我们这些活着的友人中间有谁受过这样痛苦的病的折磨？又有谁能够忍受这一切而勇敢地一直工作到死？更有谁在自己就要失去生命的时候还能够那么热情地到处散布生命，写出洋溢着生命的歌颂生之欢乐的文章？倘若有一天我也到了你这样的境地，我不知道自己是否可以保持着你的十分之一的勇敢和热情，像一个战士那样屹立在人世的波涛中间？我更担心自己是否还可以像你那么宁静，那么英勇地去迎接死？

今天仍旧在这间堆满家具和书报的宽大楼房里，窗外街中响着喧嚣的汽车声，尘土和炎热不断地落到我的头上，身上，手上和纸上。时间已是开篇所谓“昨夜”后的第四天了，我的高热刚刚退尽。这几天里我不能够做别的事情，我就只想到你，我善良仁厚的亡友。你现在永远地离开我们了。一直到最后你还给我们留下一个战士的榜样，你还指示我们一个充实的生命的例子，你对自己，对朋友都可以说是毫无遗憾的。正如我在前面说的那样，你是尽了你的战士的任务躺下了，你把这广大的世界和这么多待做的工作留给我们。继续你的遗志前进，这正是作为你的友人的我们的责任。范兄！你静静地安息罢，我不能再辜负你的殷切的期望了。

从炎热的下午到了阴雨的深夜，雨洗去了闷热，但也给我带来寂寞。而且这是带点悲凉味的寂寞。一切都睡去了，除了狗吠和蛙鸣。十二年的友情又来折磨我的心。我从凌乱的书桌上，拿起你的信函，你那垂死的手写出来的有力的字迹，正在诉说十二年中间两个友人的故事。武庙中第一次的握手，也就是同样的写这信的手和拿这信的手罢，那么这应该是我们的最后一次的握手了。这样的告别，这是多么可悲痛的告别啊！

但是望着眼前你的活跃的字迹，我能够相信你已经离开了我们这个世界么？

凉风从窗外吹入，我伸出头去望天空，雨天自然没有星光，但是我的眼前并不是一片黑暗。我想起了一颗死去的星。星早已不存在于宇宙间了，但是它的光芒在若干年后才达到地球，而且照耀在地球上。范兄，你就是这样的一颗星，你的光现在还亮在我的眼前，它在给我照路！

1941年6月17日夜在重庆沙坪坝。

风

二十几年前，我羡慕“列子御风而行”[1]，我极愿腋下生出双翼，像一只鸷鸟自由地在天空飞翔。

现在我有时仍做着飞翔的梦，没有翅膀，我用两手鼓风。然而睁开眼睛，我还是郁闷

① 《庄子 · 逍遥游》：“夫列子御风而行，泠然善也，旬有五日而后反。”

地躺在床上，两只手十分疲倦，仿佛被绳子缚住似的。于是，我发出一声绝望的叹息。

做孩子的时候，我和几个同伴都喜欢在大风中游戏。风吹起我们的衣襟，风吹动我们的衣袖。我们张着双手，顺着风势奔跑，仿佛身子轻了许多，就像给风吹在空中一般。当时自己觉得是在飞了。因此从小时候起我就喜欢风。

后来进学校读书，我和一个哥哥早晚要走相当远的路。雨天遇着风，我们就用伞跟风斗争。风要拿走我们的伞，我们不放松；风要留住我们的脚步，我们却往前走。跟风斗争，是一件颇为吃力的事。但是我们从这个也得到了乐趣，而且不用说，我们的斗争是得到胜利的。

这也是很久以前的事了。不过现在回想起来还是值得怀念的。

可惜我不曾见过飓风。去年坐海船，为避飓风，船在福州湾停了一天半。天气闷热，海面平静，连风的影子也没有。船上的旗纹丝不动，后来听说飓风改道走了。

在海上，有风的时候，波浪不停地起伏，高起来像一座山，而且开满了白花。落下去又像一张大嘴，要吞食眼前的一切。轮船就在这一起一伏之间慢慢地前进。船身摇晃，上层的桅杆、绳梯之类，私语似地吱吱喳喳响个不停。这情景我是经历过的。

但是我没有见过轮船被风吹在海面飘浮，失却航路，船上一部分东西随着风沉入海底。我不曾有过这样的经验。

今年我过了好些炎热的日子。有人说是奇热，有人说是闷热，总之是热。没有一点风声，没有一丝雨意。人发喘，狗吐舌头，连蝉声也像哑了似的，我窒息得快要闭气了。

在这些时候我只有一个愿望：起一阵大风，或者下一阵大雨。

1941年7月9日在昆明。

云

傍晚我站在露台上看云。一片红霞挂在城墙边绿树枝叶间。还有两三紫色云片高高地涂抹在蓝天里。红霞淡去了。紫云还保持着它们的形状和颜色。这些云并没有可以吸引住眼光的美丽，它们就像小孩的信笔涂鸦。但是我把它们看了许久。

一片云使我的眼光停留一两小时，这样的事的确是有过的。我看云不是因为它们形状瑰丽、而且时常幻出各种奇异的景物，也不是因为看见云易消易生，而使我想起许多过去的事情。不是。我只有一个念头：我想乘云飞往太空。

我读过一个美国人[①]写的剧本《笨人》，后来也看过根据这个剧本摄制的影片。在电影里我看见黑天使乘着棉花似的白云在天空垂钓。这似乎是有趣的事。可是我没有这种兴致。我并不为这事情羡慕那些黑天使。倘使我能乘云飞往太空，我绝不会在空中垂钓，不管钓的是什么东西。

我想乘云，是愿意将身子站在那个有着各种颜色的、似烟似雾、似实似虚的东西上面，让它载着我往上飞，往上飞，摆脱一切

---

① 一个美国人：指美国剧作家玛·康乃里（1890—？）。

的羁绊，撇开种种的纠缠。我再看不见一切，除了蔚蓝的太空；我再听不见一切，除了浪涛似的风声。我要飞，一直飞往宇宙的尽头（其实这尽头是不存在的），或者我会挨近烈日而被灼死，使全身成为燃料，或者我会远离太阳而冻成石尸。甚至这个也是我所愿望的结局。我在永闭眼睛以前一定会感到痛快，而且是无比痛快的。

但是我知道这只是我的幻想，我不会有这样的机会。

我又想起了一个故事，仍然是一个戏[1]，而且我也看过由这个戏改编的电影。一个叫做立良（Liliom）的年轻的幻想家抛弃了妻儿自杀了。他飞上太空去受最后的裁判，在神

① 一个戏：指匈牙利剧作家费·莫纳尔（1874—1952）的剧本《立良》（一九二一年）。

面前他提出了一个最后的要求——回到人间。几年以后一列火车穿过云霞，送他到地上，送他回到他那个小小的田庄去。他要求回家，只是想做一件帮助妻儿的事。他作为一个陌生人到了那个家，受了温情的款待，结果却打了自己的小孩一记耳光，像一个忘恩者似地走了。

我了解他那时的心情。

有一天我也会成为这样的一个幻想家么？已经飞向太空了，却又因为留恋人间而跌下来。为了帮助人而回到人间，却只做出损害人的事情空着手去了。

立良的刀仿佛就插在我的胸上。我觉得痛了。

我明白我是不能够飞向太空的。纵使我会往上飞，我也要从云端跌下来，薄薄的云片载不起我这颗留恋人间的心。

现在我应该收起我的幻想了。我不愿走立良的寂寞、痛苦的路。

7月10日。

雷

灰暗的天空里忽然亮起一道“火闪”[1]，接着就是那好像要打碎万物似的一声霹雳，于是一切又落在宁静的状态中，等待着第二道闪电来划破长空，第二声响雷来打破郁闷。闪电一股亮似一股，雷声一次高过一次。

在夏天的傍晚，我常见到这样的景象。

① 火闪（四川话）：即闪电。

小时候我怕听雷声；过了十岁我不再因响雷而颤栗；现在我爱听那一声好像要把人全身骨骼都要震脱节似的晴空霹雳。

算起来，该是很久以前的事了。我还是个四五岁的孩子，跟着父母住在广元县的衙门里。一天晚上，在三堂后面房里一张宽大的床上，我忽然被一声巨响惊醒了。房里没有别人，我睡眼朦胧中只见窗外一片火光，仿佛房屋就要倒塌下来似的。我恐怖地大声哭起来，直到女佣杨嫂进屋来安慰我，让我闭上眼睛，再进到梦里去。在这以后只要雷声一响，我就觉得眼前的一切都会马上崩塌，好像已经到了世界的末日了。不过那时我的世界就只是一个衙门。

这是我害怕雷声的开始。我的畏惧不断地增加。衙门里的女佣、听差们对这增加是有功劳的。从他们那里我知道了许多关于雷公的故事。有一个年老的女佣甚至告诉我：雷声一响，必震死一个人。所以每次听见轰轰雷声，我便担心着：不晓得又有谁受到处罚了。雷打死人的事在广元县就有过，我当时不能够知道它的原因，却相信别人眼见的事实。

年纪稍长，我又知道了雷震子的故事。雷公原来有着这样一个相貌：一张尖尖的鸟嘴，两只肉翅，蓝脸赤发，拿着铜锤满天飞。这知识是从小说《封神榜》里得来的。不知道为什么我喜欢这相貌，我倒想见见他。我的畏惧减少了些，因为我在《封神榜》中看出来雷震子毕竟带有人性，还是可以亲近的，虽然他有着那样奇怪的形状。

再后，我的眼睛睁大了。我明白了许多事情。我也看穿了神和鬼的谜。我不再害怕空虚的事物，也不再畏惧自然界的现象。跟着年岁的增长，我的脚跟也站得比较稳了。即使立在天井里，望着一个响雷迎头劈下，我也不会改变脸色，或者惶恐地奔入室内。从此我开始骄傲：我已经到了连巨雷也打不倒的年龄了。

更后，雷声又给我带来一种新的感觉。每次听见那一声巨响，我便感到无比的畅快，仿佛潜伏在我全身的郁闷都给这一个霹雳震得无踪无影似的。等到它的余音消散，我抖抖身子，觉得十分轻松。我常常想，要是没有这样的巨声，我多半已经埋葬在窒息的空气中了。

去年一个昆明的夏夜里，我睡在某友人的宿舍中，两张床对面安放。房间很小，开着一扇窗。我们喝了一点杂果酒，睡下来，觉得屋内闷热，空气停滞，只有蚊虫的嗡嗡声不断地在耳边吵闹。不知过了若干时候，我才昏沉沉地进入梦中。这睡眠是极不安适的，仿佛有一只大手重重地压在我的胸上。我想挣扎，却又无力动弹。忽然一声霹雳（我从未听见过这样的响雷！）把我从梦中抓起来。的确我在床上跳了一下。我看见一股火光，我还没有睡醒，我当时有点惊恐，还以为一颗炸弹在屋顶爆炸了。那朋友也醒起来，他在唤我。我又听见荷拉荷拉的雨声。“好大的一个雷！”朋友惊叹地说。我应了一句，我觉得空气变得十分清凉，心里也非常爽快，我可以自由地呼吸了。

今年在重庆听见一次春雷，是大炮一类的轰隆轰隆声。“春雷一声，蛰虫咸动。”我想起那些冬眠的小生命听见这声音便从长梦中醒起来，又开始一年的活动，觉得很高兴。我甚至想象着：它们中间有的怎样睁开小眼睛，转头四顾，怎样伸一个懒腰，打一个呵欠，然后一跳，就跳到地面上来。于是一下子地面上便布满了生命，就像小说《镜花缘》中的故事：因为女皇武则天的诏令，只有一夜的功夫，在浓冬里宫中百花齐放，锦绣似地装饰了整个园子。这的确是很有趣的。

7月16日。

雨

窗外露台上正摊开一片阳光，我抬起头还可以看见屋瓦上的一段蔚蓝天。好些日子没有见到这样晴朗的天气了。早晨我站在露台上昂头接受最初的阳光，我觉得我的身子一下就变得十分轻快似的。我想起了那个意大利朋友的故事。

路易居·发布里在几年前病逝的时候，不过四十几岁。他是意大利的亡命者，也是独裁者莫索里尼的不能和解的敌人。他想不到他没有看见自由的意大利，在那样轻的年纪，就永闭了眼睛。一九二七年春天在那个多雨的巴黎城里，某一个早上阳光照进了他的房间，他特别高兴地指着阳光说，这是一件了不起的可喜的事。我了解他的心情，他是南欧的人，是从阳光常照的意大利来的。见到在巴黎的春天里少见的日光，他又想起故乡的蓝天了。他为着自由舍弃了蓝天；他为着自由贡献了一生的精力。可是自由和蓝天两样，他都没有能够再见。

我也像发布里那样地热爱阳光。但有时我也酷爱阴雨。十几年来，不打伞在雨下走路，这样的事在我不知有过多少次。就是在一九二七年，当发布里抱怨巴黎缺少阳光的时候，我还时常冒着微雨，在黄昏、在夜晚走到国葬院前面卢骚的像脚下，向那个被称为“十八世纪世界的良心”的巨人吐露一个年轻异邦人的痛苦的胸怀。

我有一个应当说是不健全的性格。我常常吞下许多火种在肚里，我却还想保持心境的和平。有时火种在我的腹内燃烧起来。我受不住熬煎。我预感到一个可怕的爆发。为了浇熄这心火，我常常光着头走入雨湿的街道，让冰凉的雨洗我的烧脸。

水滴从头发间沿着我的脸颊流下来，雨点弄污了我的眼镜片。我的衣服渐渐地湿了。出现在我眼前的只是一片模糊的雨景，模糊……白茫茫的一片……我无目的地在街上走来走去。转弯时我也不注意我走进了什么街。我的脑子在想别的事情。我的脚认识路。走过一条街，又走过一条马路，我不留心街上的人和物，但是我没有被车撞伤，也不曾跌倒在地上。我脸上的眼睛看不见现实世界的时候，我的脚上却睁开了一双更亮的眼睛。我常常走了一个钟点，又走回到自己住的地方。

我回到家里，样子很狼狈。可是心里却爽快多了。仿佛心上积满的尘垢都给一阵大雨洗干净了似的。

我知道俄国人有过“借酒淹愁”的习惯。[①]我们的前辈也常说“借酒浇愁”。如今我却在“借雨洗愁”了。

我爱雨不是没有原因的。

7月20日。

---

① “俄国人的借酒淹愁的毛病并不像一般人所说的那样坏。昏沉的睡眠究竟比烦恼的失眠好……”（见亚·赫尔岑的回忆录《往事与随想》第五部）

日*

为着追求光和热，将身子扑向灯火，终于死在灯下，或者浸在油中，飞蛾是值得赞美的。在最后的一瞬间它得到光，也得到热了。

我怀念上古的夸父，他追赶日影，渴死

* 本篇及以下《月》、《星》二篇，最初同时发表于一九四二年《宇宙风》第一二三期。总题为《梦痕》。

在旸谷。[1]

为着追求光和热，人宁愿舍弃自己的生命。生命是可爱的。但寒冷的、寂寞的生，却不如轰轰烈烈的死。

没有了光和热，这人间不是会成为黑暗的寒冷世界么？

倘使有一双翅膀，我甘愿做人间的飞蛾。我要飞向火热的日球，让我在眼前一阵光、身内一阵热的当儿，失去知觉，而化作一阵烟、一撮灰。

7月21日。

---

① 中国神话："夸父不量力，欲追日影，逐之于旸谷，渴死。"（见《山海经》）

月

每次对着长空的一轮皓月，我会想：在这时候某某人也在凭栏望月么？

圆月有如一面明镜，高悬在蓝空。我们的面影都该留在镜里罢，这镜里一定有某某人的影子。

寒夜对镜，只觉冷光扑面。面对凉月，我也有这感觉。

在海上、山间、园内、街中，有时在静

夜里一个人立在都市的高高露台上，我望着明月，总感到寒光冷气侵入我的身子。冬季的深夜，立在小小庭院中望见落了霜的地上的月色，觉得自己衣服上也积了很厚的霜似的。

的确，月光冷得很。我知道死了的星球是不会发出热力的。月的光是死的光。

但是为什么还有姮娥[①]奔月的传说呢？难道那个服了不死之药的美女便可以使这已死的星球再生么？或者她在那一面明镜中看见了什么人的面影罢。

7月22日。

① 姮娥：即嫦娥。中国神话："羿请不死之药于西王母，姮娥窃之，奔月宫。"（见《淮南子》）

星

在一本比利时短篇小说集里，我无意间见到这样的句子：

星星，美丽的星星，你们是滚在无边的空间中，我也一样，我了解你们……是，我了解你们……我是一个人……一个能感觉的人……一个痛苦的

人……星星，美丽的星星……[1]

我明白这个比利时某车站小雇员的哀诉的心情。好些人都这样地对蓝空的星群讲过话。他们都是人世间的不幸者。星星永远给他们以无上的安慰。

在上海一个小小舞台上，我看见了屠格涅夫笔下的德国音乐家老伦蒙。[2]他或者坐在钢琴前面，将最高贵的感情寄托在音乐中，呈献给一个人；或者立在蓝天底下，摇动他那白发飘飘的头，用赞叹的调子说着："你这美丽的星星，你这纯洁的星星。"望着蓝空里眼瞳似

---

① 引自于尔拜·克安司的《红石竹花》(见戴望舒选译的《比利时短篇小说集》，商务印书馆，一九三四年版)。

② 一九四〇年上海的苏联侨民根据尼·伊·梭包里斯奇科夫—沙马林一九一三年的改编本《贵族之家》演出。

地闪烁着的无数星子，他的眼睛润湿了。

我了解这个老音乐家的眼泪，这应该是灌溉灵魂的春雨罢。

在我的房间外面，有一段没有被屋瓦遮掩的蓝天。我抬起头可以望见嵌在天幕上的几颗明星。我常常出神地凝视着那些美丽的星星。它们像一个人的眼睛，带着深深的关心望着我，从不厌倦。这些眼睛每一霎动，就像赐与我一次祝福。

在我的天空里星星是不会坠落的。想到这，我的眼睛也润湿了。

7月22日。

狗

小时候我害怕狗。记得有一回在新年里，我到二伯父家去玩。在他那个花园内，一条大黑狗追赶我，跑过几块花圃。后来我上了洋楼，才躲过这一场灾难，没有让狗嘴咬坏我的腿。

以后见着狗，我总是逃，它也总是追，而且屡屡望着我的影子狺狺狂吠。我愈怕，狗愈凶。

怕狗成了我的一种病。

我渐渐地长大起来。有一天不知道因为什么，我忽然觉得怕狗是很可耻的事情。看见狗我便站住，不再逃避。

我站住，狗也就站住。它望着我狂吠，它张大嘴，它做出要扑过来的样子。但是它并不朝着我前进一步。

它用怒目看我，我便也用怒目看它。它始终保持着我和它中间的距离。

这样地过了一阵子，我便转身走了。狗立刻追上来。

我回过头。狗马上站住了。它望着我恶叫，却不敢朝我扑过来。

“你的本事不过这一点点，”我这样想着，觉得胆子更大了。我用轻蔑的眼光看它，我顿脚，我对它吐出骂语。

它后退两步，这次倒是它露出了害怕的

表情。它仍然汪汪地叫，可是叫声却不像先前那样地“恶”了。

我讨厌这种纠缠不清的叫声。我在地上拾起一块石子，就对准狗打过去。

石子打在狗的身上，狗哀叫一声，似乎什么地方痛了。它马上掉转身子夹着尾巴就跑，并不等我的第二块石子落到它的头上。

我望着逃去了的狗影，轻蔑地冷笑两声。

从此狗碰到我的石子就逃。

7月24日。

猪

人们爱说“猪狗”，其实“猪”和“狗”是不能并提的。也有一些人喜欢狗，却没有一个人爱过猪，虽然有不少人天天在吃猪肉。

最近在重庆沙坪坝，我常常看见一群一群的白猪被人赶着走过正街。这些猪大概是走向屠宰场去的，它们自己或许明白这件事情也未可知，我这个猜想是从它们赖在路上不肯前进的举动上来的。

自然也有人说，猪不肯走路，是因为它们身躯过于肥胖，走路不便，或者只是因为猪是“懒”动物。他们的说法也许有道理。不过我每次看见赶猪人拿着竹片打在猪的背上，听见猪的怪叫声，又看见白毛上绽出的一条一条的血痕，我总要想，这些猪一定不愿意到刑场去罢。

我们有一句俗话：“蝼蚁尚且贪生，”那么即便是一条猪，它也一样知道爱惜生命罢。

可是世界上却少有不被宰割的猪。猪似乎就是为着做人的食料而生的。猪被人养着，结果是被人吃掉。有个诗人[①]曾经感叹地写过：

---

① 诗人：指陆志苇（1894—1970）。

看见猪，就想吃，

蠢哉猪也！

据诗人看来，猪被吃，是它自己的错。我也明白诗人的意思。的确要是猪的肉不肥美，绝不会有人看见猪肉就流口涎。

但是若说看见猪就想吃，这话也有问题。我有几次走过人们养猪的地方，看见好些猪拥挤在猪圈里，一身灰黑色，头上背上全是脏水，有的躺在地上，有的拿鼻子和嘴到处碰来碰去，哼着不成腔调的怪声音。我当时即使肚饿，我也不会想吃它们。看见猪，就厌恶，这样说，倒更近于真实。如果我们再想到猪是人的食料这一事实，那么看见猪，起怜悯心也是可能的。

我吃猪肉，但是我厌恶猪。生活在污秽里糊里糊涂地过日子，吃着睡着，睡着吃着，把自己养肥，以便给人们作食料。这样的东西我无论如何是不能爱的。

据说牛进屠宰场会掉眼泪，而且要向屠夫双脚下跪。也有人为了这个就不肯吃牛肉。我不知道这是否事实。不过我从没有听见人说起猪流泪的话。那么猪大概是糊里糊涂地被杀掉、吃掉的罢。我说猪不肯走向刑场，恐怕只是我个人的猜想。

在桂林城里我见过人们抬着猪在街上走。看那被抬着的猪的样子，似乎它很舒服，比那些被赶被打的猪舒服得多。被抬着的猪若能思想，它也许会说出它比别的同伴幸福的话。不过在我们人看来，无论安适地被抬着也好，或者痛苦地被打着也好，押送刑场被宰杀，总是一样，后来做成菜被人们吃进肚里也是一样。

做了猪除去被吃而外，再没有别的更好

的命运。

那么猪为什么还要吃着，睡着，养肥自己，准备给人们饱餐一顿呢？

我又想起了诗人的“蠢哉”两个字。

7月25日。

虎

我不曾走入深山，见到活泼跳跃的猛虎。但是我听见过不少关于虎的故事。

在兽类中我最爱虎；在虎的故事中我最爱下面的一个：

深山中有一所古庙，几个和尚在那里过着单调的修行生活。同他们做朋友的，除了有时上山来的少数乡下人外，就是几只猛虎。虎不惊扰僧人，却替他们守护庙宇。作为报酬，和尚把一些可吃的东西放在庙门前。每天傍晚，夕阳染红小半个天空，虎们成群地走到庙门口，吃了东西，跳跃而去。庙门大开，僧人安然在庙内做他们的日课，也没有谁出去看虎怎样吃东西，即使偶尔有一二和尚立在门前，虎们也视为平常的事情，把他们看作熟人，不去惊动，却斯斯文文地吃完走开。如果看不见僧人，虎们就发出几声长啸，随着几阵风飞腾而去。

可惜我不能走到这座深山，去和猛虎为友。只有偶尔在梦里，我才见到这样可爱的动物。在动物园里看见的则是被囚在“狭的笼”[①]中摇尾乞怜的驯兽了。

其实说“驯兽”，也不恰当。甚至在虎

---

① “狭的笼”：指虎圈，见爱罗先珂（1889—1952）的童话《狭的笼》（鲁迅译）。

圈中，午睡醒来，昂首一呼，还能使猿猴颤栗。万兽之王的这种余威，我们也还可以在作了槛内囚徒的虎身上看出来。倘使放它出柙，它仍会奔回深山，重做山林的霸主。

我记起一件事情：三十一年前，父亲在广元做县官。有天晚上，一个本地猎户忽然送来一只死虎，他带着一脸惶恐的表情对我父亲说，他入山打猎，只想猎到狼、狐、豺、狗，却不想误杀了万兽之王。他绝不是存心打虎的。他不敢冒犯虎威，怕虎对他报仇，但是他又不能使枉死的虎复活，因此才把死虎带来献给“父母官”，以为可以减轻他的罪过。父亲给了猎人若干钱，便接受了这个礼物。死虎在衙门里躺了一天，才被剥了皮肢解了。后来父亲房内多了一张虎皮椅垫，而且常常有人到我们家里要虎骨粉去泡酒当药吃。

我们一家人带着虎的头骨回到成都。头骨放在桌上，有时我眼睛看花了，会看出一个活的虎头来。不过虎骨总是锁在柜子里，等着有人来要药时，父亲才叫人拿出它来磨粉。最后整个头都变成粉末四处散开了。

经过三十年的长岁月，人应该忘记了许多事情。但是到今天我还记得虎头骨的形状，和猎人说话时的惶恐表情。如果叫我把那个猎人的面容描写一下，我想用一句话：他好像做过了什么亵渎神明的事情似的。我还要补充说：他说话时不大敢看死虎，他的眼光偶尔挨到它，他就要变脸色。

死了以后，还能够使人害怕，使人尊敬，像虎这样的猛兽，的确是值得我们热爱的。

7月26日。

龙*

我常常做梦。无月无星的黑夜里我的梦最多。有一次我梦见了龙。

我走入深山大泽，仅有一根手杖做我的护身武器，我用它披荆棘，打豺狼，它还帮助我登高山，踏泥沼。我脚穿草鞋，可以走

* 本篇最初发表于一九四二年五月一日《自由中国》新二卷第一、二期合刊。

过水面而不沉溺。

在一片大的泥沼中我看见一个怪物，头上有角，唇上有髭，两眼圆睁，红亮亮像两个灯笼。身子完全陷在泥中，只有这个比人头大过两三倍的头颅浮出污泥之上。

我走近泥沼，用惊奇的眼光看这个怪物。它忽然口吐人言，阻止我前进：

“你是什么？要去什么地方？为什么来到这里？”

“我是一个无名者。我寻求一样东西。我只知道披开荆棘，找寻我的道路，”我昂然回答，对着怪物我不需要礼貌。

“你不能前进，前面有火焰山，喷火数十里，伤人无算。”

“我不怕火。为了得到我所追求的东西，我甘愿在火中走过。”

“你仍不能前进，前面有大海，没有船只

载你渡过白茫茫一片海水。”

“我不怕水，我有草鞋可以走过水面。为了得到我所追求的东西，甚至溺死，我也毫无怨言。”

“你仍不能前进，前面有猛兽食人。”

“我有手杖可以打击猛兽。为了得到我所追求的东西，我愿与猛兽搏斗。”

怪物的两只灯笼眼射出火光，从鼻孔中突然伸出两根长的触须，口大张开，露出一嘴钢似的亮牙。它大叫一声，使得附近的树木马上落下大堆绿叶，泥水也立刻沸腾起泡。

“你这顽固的人，你究竟追求什么东西？”它厉声问道。

“我追求生命。”

“生命？你不是已经有了生命？”

“我要的是丰富的、充实的生命。”

“我不明白你的意思，”它摇摇头。

“我活着不能够做一件有益的事情。我成天空谈理想，却束手看着别人受苦。我不能给饥饿的人一点饮食，给受冻的人一件衣服；我不能揩干哭泣的人脸上的眼泪。我吃着，谈着，睡着，在无聊的空闲中浪费我的光阴——像这样的一个人怎么能说是有生命？在我，若得不到丰富的、充实的生命，那么活着与死亡又有什么区别？”

怪物想了想，仍然摇头说：“我怕你会永远得不到你所追求的东西。或许世界上根本就没有这样的东西。”

我在它那张难看的脸上见到一丝同情了。我说：

“不会没有，我在书上见过。”

“你这傻子，你居然相信书？”

“我相信，因为书上写得明白，讲得有道理。”

怪物叹息地摇摆着头："你这顽强的人，我劝你立刻回头走。你不知道前面路上还有些什么东西等着你。"

"我知道，但是我还要往前走。"

"你应该仔细想一下。"

"你为什么这样不惮烦地阻止我？我同你并不相识，我甚至不知道你的名字。告诉我，你究竟叫什么名字！"

"已经有很久没有人提起我的名字了，我自己也差不多忘记了它。现在我告诉你：我是龙，我就是龙。"

我吃了一惊。我望着那张古怪的脸。

"你是龙，怎么会躺在泥沼中？据我所知，龙是水中之王，应该住在大海里。你为什么而且不能乘雷上天？"我疑惑地问道。这时天空响起一声巨雷，因此我才有后一句话。我看看它的身子，黄黑色的污泥盖住了它的胸腹和尾巴。泥水沸腾似地在发泡，从水面不断地冒起来难闻的臭气。

龙沉默着，它似乎努力在移动身子。但是身子被污泥粘着，盖着，压着，不能够动弹。它张开嘴哀叫一声，两颗大的泪珠从眼里掉下来。

它哭了！我惶恐地望着它的头，我想，这和我在图画上看见的龙头完全不像，它一定对我说了假话。它不是龙。

“我也是为了追求丰富的生命才到这里来的，”它止了泪开始叙述它的故事。它的话是我完全料不到的。这对我是多大的惊奇！

“我和你一样，也不愿意在无聊的空闲中浪费我的光阴。我不愿意在别的水族的痛苦上面安放我的幸福宝座，我才抛弃龙宫，离开大海，去追求你所说的那个丰富的、充实的生命。我不愿意活着只为自己，我立志要做一些帮助同类的事情。我飞上天空，我又不愿终日与那些飘浮变化的云彩为伍，也不愿高居在别的水族之上。我便落下地来。我要访遍深山大泽，去追寻我在梦里见到的东西。在梦中我的确见过充实的、有光彩的生命。结果我却落在污泥里，不能自拔。”它闭了嘴，从灯笼眼里流出几滴泪珠，颜色鲜红，跟血一样。

“你看，现在污泥粘住了我的身子，我要动一下也不能够。我过不了这种日子，我宁愿死！”它回过头去看它的身子，但是眼前仍然只是那一片污泥。它痛苦地哀叫一声，血一样的眼泪又流了下来。它说：“可是我不能死，而且我也不应该死。我躺在这里已经过了多少万年了。”

我的心因同情而痛苦，因恐惧而猛跳。多少万年！这样长的岁月！它怎么能够熬过这么些日子？我打了一个冷噤。但是我还能够勉强地再问它一句："你是怎样陷到污泥里来的？"

"你不用问我这个。你自己不久就会知道，你这顽固的年轻人。"它忽然用怜悯的眼光望我，好像它已经预料着，不幸的遭遇就会降临到我身上来似的。

我没有回答。它又说："我想打破上帝定下的秩序，我想改变上帝的安排，我去追求上帝不给我们的东西，我要创造一个新的条件。所以我受到上帝的惩罚。为了追求充实的生命，我飞过火焰山，我斗过猛兽，我抛弃了水中之王的尊荣，历尽了千辛万难。但是我终于逃不掉上帝的掌握，被打落在污泥里，受着日晒、雨淋、风吹、雷打。我的头、我的脸都变了模样，我成了一个怪物。只是我的心还是从前的那一颗，并没有丝毫的改变。"

"那么，你为什么阻止我前进，不让我去

追寻生命？”

“顽固的人，我不愿意你也得着恶运。你是人，你不能活到万年。你会死，你会很快地死去，你甚至会毫无所获而失掉你现在有的一切。”

“我不怕死。得不到丰富的生命我宁愿死去。我不能够像你这样，居然在污泥中熬了多少万年。我奇怪像你这样的生活还有什么值得留恋？”

“年轻人，你不明白。我要活，我要长久活下去。我还盼望着总有那么一天，我可以从污泥中拔出我的身子，我要乘雷飞上天空。然后我要继续追寻丰富的、充实的生命。我的心在跳动，我的意志就不会消灭。我的追求也将继续下去，直到我的志愿完成。”

它说着，泪水早已干了，脸上也没有了痛苦的表情，如今有的却是勇敢和兴奋。它还带着信心似地问我一句："你现在还要往前面走？"

"我要走，就是火山、大海、猛兽在前面等我，我也要去！"我坚决地甚至热情地回答。

龙忽然哈哈地笑起来。它的笑声还未停止，一个晴空霹雳突然降下，把四周变成漆黑。我伸出手也看不见五根指头。就在这样的黑暗中，我听见一声巨响自下冲上天空。泥水跟着响声四溅。我觉得我站的土地在摇动了。我的头发昏。

天渐渐地亮开来。我的眼前异常明亮。泥沼没有了。我前面横着一片草原，新绿中点缀了红白色的花朵。我仰头望天，蔚蓝色的天幕上隐约地现出淡墨色的龙影，一身鳞甲还是乌亮乌亮的。

7月28日。

死　去*

有一夜我梦见自己死去。

我直伸伸地躺在床上。我不动，也不讲话。我看不见什么。我只听见一个人在我耳边说："他死了，一句话也不说就死了。"

又有人说："他本来可以不死，可惜他

* 本篇最初发表于一九四一年十一月二十五日《自由中国》新一卷第四期。

不听别人劝他的话，他任性，他拼命摧残自己。”

第三个人说：“死了就算了，反正像他那样的人多得很，少了他，谁都没有损失。”

第四个人说：“现在盖棺论定，我那篇研究文章可以付印了。一句话说完，他的思想错误，他的作品浅薄。”

还有第五第六的人讲话，可是吱吱喳喳，我听不清楚。

“死了也还不能清静，”我这样一想，心里很不快活。不过我还是不动，也不讲话。

这些吱吱喳喳终于消失了。我得到片刻安静。过后我又听见一阵低微的哭声。我认得这是熟人的声音。我想招呼他们，说一两句告别的话。可是我不能动，也不能发言。我觉得很疲倦。

过了一些时候，人们把我放进棺材了。

我觉得闷，不过我不能动，也不想动。我静静地躺着。我知道棺材是在被人抬到墓地去。棺材慢慢动着，动着。后来就停下来了。

这一定是什么公墓罢，我刚这样一想，就听见有人在发言。我听不出他们在讲什么。后来他们显然激烈地争论起来。我不明白他们为什么要在这地方争吵。他们好像是谈论到我才争辩起来的。

我默默地躺在棺材里，我想：敌与友大概都到场了罢。

闹声停止了。我听见棺材放在洞穴里面。土落在棺上，并且“一拥而入”似地一下就把洞穴填满了。

我想，从此什么都完了。我不久便会失去知觉进入死的酣睡。

然而我还听见声音！谈话声和脚步声仍还是这么清晰！我知道一定是棺盖薄，埋葬不深。

从这天起我便寂寞的睡在坟墓中。我听见风声雨声：风吹动树叶发出叹息；雨穿过泥土滴在棺上。我也听见哭声，有人来哭过我。以后在一个短时期中我四周很静，没有人来，似乎谁都忘记了我。

我不能动，我不能讲话。但是我还有知觉。我知道在我上面春天来了，我听见小鸟在树上歌唱，我闻着墓地的花香。虽然有点寂寞，我却觉得相当舒适。

可是不久又有人到我坟前来了。起初听见的是熟人的哭声，他们原来还没有忘记我！后来我就听见吱吱喳喳，似乎又有一些人在我墓前辩论，我仍还听不清楚他们在讲什么。

再后又换了一种声音，这仍是吱吱喳喳，可是我却能听见一些字句来。说话的是我的仇敌。他们和我中间虽然隔了一个坟墓，但他们却没有忘记我，而且也不肯忘记我。

“你现在承认我批评你的那些话罢：你写的东西全是有毒的。”

“你没有给人们指一条路，你的思想永不能给人们指一条出路。”

“你的出路就是坟墓，哈，哈，你自己现在有了出路了。”

“你不回答，你不做声，你一定承认自己的错误，你现在一定在忏悔罢。”

那些人每天来，或者隔一天来，或者隔四五天来，来了总要说，说的便是这类话。他们还怕我埋在墓里听不清楚，每次总用什么东西把我墓上的泥土挖去一些，直到后来某一次棺盖见了天，他们便举行大会，全体围绕棺盖站立，来一个集体唾骂。

我安然睡在棺中。我听见骂语和唾液落

在棺上，铿然有声，我没有愤怒。我坦然微笑。

骂语和唾液愈来愈多，骤雨似地打着棺盖。它们发出金属的声音，有如刀剑。但是我睡在棺中仍还坦然微笑。对这吵闹我以沉默报答。

我听见斧子声在棺盖上响，似乎他们在演劈棺的戏。

“我死了还不肯让我安静么？你们未必要同我纠缠到坟墓里？”这样一想，我有点不高兴了。

哈，哈，哈，他们在上面大笑起来。斧子声响得更勤。我听见棺盖被砍破的声音。

“难道你们还要来一个鞭尸的表演么？”我想着，觉得愤恨把我的心烧热了。就在这时候，我看见了一线光亮。同时一个人带笑地得意说：“好了，现在可以把我的研究文章读给他听了。”

响应他的是一阵大笑。接着是一阵吱吱喳喳。棺盖被砍碎，我的身子暴露在阳光下面。

“怎么，还没有腐烂！脸也在，嘴也在！”又一个人的惊愕的声音。

“怎么，他还有眼睛？看，他的眼睛睁开了！”另一个人叫道。

“快吐口沫！快吐口沫！”那个准备来朗读文章的人说，他第一个吐了一口痰在我脸上。

一股难闻的臭气扑进我鼻里。我立刻发了恶心。我忍耐不住，张开嘴，“哇”的一声，就坐起来。

“有鬼！有鬼！”那些人张皇地叫起来，马上鸟兽似地逃散了。他们一面跑，一面嚷着“救命”。有的跌在地上又爬起来；有的被荆棘绊住腿，把衣服撕破了。

于是这周围再没有吱吱喳喳。也看不见谁的影子。棺材四周堆了一些写满小字的原稿纸。我想，这些大概就是研究文章罢。可惜我没有机会听见作者们的朗读。

我站起来，走出棺材。立在坟墓堆中，我看看天，看看四周，又看看地。小鸟在小桃树上唱歌，花瓣随着风飘下树木。天空是蔚蓝色，没有一小片白云。

我张开口，居然吐出声音和话语。我能看，能动，能讲话。我还活着。我没有死！

一阵风吹过，这不是微风，花瓣纷纷落下，空中飘起一些原稿纸，有一张飘到我手边，我抓住它，拿起来一看，我看到几个歪歪斜斜的字：浅薄，落后，不通，错误。

这应该是他们的胜利罢。我想着，不觉坦然微笑了。我把手一松，原稿纸又落回在地上。再一阵风吹过，它飞腾起来。

我走出墓地还回头去看那里，原稿纸仍在空中飘舞，仿佛是一些未烧过的纸钱。

7月30日。

伤　害*

一个初冬的午后，在泸县城里，一条被燃烧弹毁了的街旁，我看见一个黑脸小乞丐寂寞地立在面食担子前，用羡慕的眼光，望着两个肥胖孩子正在得意地把可口的食物往嘴里送。

---

*　本篇最初发表于一九四一年十月二十五日《现代文艺》第四卷第一期。

我穿着秋大衣，刚在船上吃饱饭，闲适地散步到街上来。

但是他，这个六七岁的孩子，赤着脚，露着腿，身上只披一块破布，紧紧包住他那瘦骨的一身黑皮在破布的洞孔下发亮。他的眼睛无光，两颊深陷，嘴唇干瘪得可怕，两只干瘦得像鸡爪的手无力地捧着一个破碗，压在胸前。

他没有温暖，没有饱足。他不讲话，也不笑。黑瘦的脸上涂着寂寞的颜色。

我不愿多看他，便匆匆走过他的身旁。但是我又回转来，因为我也不愿意就这样地离开他。

这样地一来一往，我在他的身边走过四五次。他不抬头看我一眼，好像他对这类事情并不感到惊奇。我注意地看他，才知道他的眼光始终停留在面食担子上。但甚至这眼光也还是无力的。

我站在他面前，不说什么，递了一张角票给他。

他默默地接过角票，把眼光从担子上掉开。他茫然地看看我，没有一点表情，仍然不开口。于是他埋下眼睛，移动一下身子，又把脸掉向面担。两个胖小孩还在那里吃“连肝肉”、“心肺”一类的东西，口里“嘘嘘”作声。

我想揩去他脸上的寂寞的颜色，便向他问两句话。他没有理我。他甚至不掉过头来看我。

我想，也许他没有听见我的话，也许我的话使他不高兴。我问的是：你有没有家？有没有亲人？

我不再对他说话，我默默地离开了他。我转弯时还回头去看那个面担，黑脸小乞丐立在担子前，畏怯地望着卖面人，右手伸到嘴边，一根手指头衔在口里。两个肥胖小孩却站到旁边一个卖糖食的摊子前面去了。

七天后我再到泸县城里，又经过那条街。仍然是前次看见的那样的街景。面食担子仍然放在原处。两个肥小孩还是同样得意地在吃东西。黑脸小乞丐仿佛也就站在一星期前立过的那个地方，用了同样羡慕的眼光望着他们。一切都没有改变。我似乎并没有在别处耽搁了一个星期。

我走到黑脸小孩面前，又默默地递了一张角票到他的手里。他也默默地接着，而且也茫然地看我一眼，没有表情，也没有动作。以后他仍旧把脸掉向面担。

我们两个都重复地做着前次的动作。我甚至没有忘记问他：你有没有一个家？有没有一个亲人？

这次他仍旧不回答我，不过他却仰起头看了我一两分钟。我也埋下眼睛去看他的黑脸。茫然的表情消失了。他圆圆地睁着那对血红的眼睛，泪水像线一样地从两只眼角流下来。他把嘴一动，没有发出声音，就掉转身子，用劲地一跑。

我在后面唤他，要他站住。他不听我的话。我应该叫他的名字，可是我不知道他有什么样的姓名。我站在面担前，希望能够看见他回来。然而他的瘦小身子像一股风似地飘走了，并没有一点踪迹。

我等了一会儿，又走到旁边那个在废墟上建造起来的临时广场上，跟着一些本地人听一个老烟客讲明太祖创业的故事。那个老烟客指手划脚地讲得津津有味。众人都笑，我却不作声，我的心并不在这里。

过了半点多钟，这附近还不见那个黑脸

小孩的影子。我便到城里各处走了一转，后来再经过这个地方，我想，他应该回来了，但是我仍旧看不到他。那两个肥胖小孩还在面担前吃东西。

我感到疲倦了。我不知道黑脸小孩住在什么地方，或者他是否就有住处。我不知道他什么时候可以再到这里来。看见阳光离开了街市，我觉得疲倦增加了，我想回到船上去休息。

最后我终于拖着疲倦的身子离开了泸县。那一段路是不容易走的，我的心很沉重。我想到那个黑脸小孩和他的突然跑开，我知道自己犯了过失了。

我为什么两次拿那问话去折磨他呢？这原是明显的事实：要是他有家，有亲人，他还会带着冻和饿寂寞地立在街旁么？他还会像一棵枯草、一只病犬那样，木然地、无力地捱着日子么？

他也许不知道家和亲人的意义。但是他自己和那两个胖小孩间的差别，他应该了解罢。从这差别上他也许可以明白家和亲人的意义。那么，我大大地伤害了他，这也是很明显的事实了。

今天，八个月以后的今天，我还记得那个黑脸小孩的面貌和他两只眼角的泪水。他一定早忘记了我。但是我始终忘不掉他。我想请求他那小小的心灵宽恕我。然而我这些话能够达到他的耳边么？他会有机会看到我的文章么？

我不知不觉间在那个时候犯了不可补偿的过失了。

8月1日。

祝　福

一个十五岁的孩子从北方寄来一封信，没有署名，也没有写下地址，信里只有一些简单的字句，大意是：一个北方的孩子给你送来“祝福”。

这是三年前的事了。每次我的眼前起一阵雾，或者我的心发痛的时候，我就想起那封短信。后来我便觉得力量渐渐地恢复了。

我不是宗教的信奉者，神的祝福不能够

控制我的脑筋。我不是修行人，不会祈求来世的幸运。我不信神，便不想进天堂。我不信鬼，故不怕入地狱。

但是一个孩子的单纯的话却能镇定我的迷乱，鼓舞我的精神。他用了带宗教味的“祝福”这个名词，他是有道理的。这心与心的相通，心对心的关切，与“利害”无关，和“虚伪”隔绝。这个孩子不知道我的家世，不认识我的面容。他看见的只是我的心。他用他的心来接触我的心，他的心了解我的语言。作为反应，他写下他的心的语言寄给我。

那个孩子的真诚的心的颤动越过了数千里道路，越过了数不尽的美丽的河山，达到我双手可以接触的地方。我的手拿着那张信纸，我的眼睛就仿佛看见那一颗没有一点尘垢的鲜红的“赤子之心”。这颗心是热的，它的热暖了我的心；这颗心是活鲜鲜地跳动着的，它的勃勃的生气振奋了我的精神。

从那个孩子的信上我的确得到了“祝福”，而且这“祝福”的效力还是那些神的祝福、宗教的祝福所不能及的。

我接受了孩子的祝福，让我在“赤子之心”前低首膜拜。

8月2日。

撇　弃*

凉夜，我一个人走在雨湿的街心，街灯的微光使我眼前现出一片昏黄。两个老妇的脚声跟着背影远远地消失了。我的前面是阴暗，又似乎是空虚。

我在找寻炫目的光辉。但是四周只有几

---

* 本篇最初发表于一九四一年十一月一日《萧萧》半月刊第一期。

点垂死的灯光。

我的脚不感到疲倦。我不记得我已经走了若干时候，也不知道还要走若干路程。

一个影子在后面紧紧跟着我。他走路没有声音。我好像听见他在我的耳边低声讲话。

我回过头，看不见一个人，等我再往前走，我又听见有人在我后面说话。

“谁？”我问道。

“我，”这是一个熟习的声音。

“你是谁，为什么紧紧跟着我？”

“我是你的影子。我从来就跟在你后面。”

“那么请你出来，让我见你一面。我不要听你那些叽哩咕噜。”

他不作声，却仍然跟着我走。

“我说，请你出来，让我见见你。你为什么老躲在黑暗里面？”我不能忍耐地再说一次。

“我不能出来,”他嗫嚅地说;“我不能离开黑暗。黑暗可以作我的掩护。”

“那么你可知道我要去什么地方?”我突然问道。

“我不知道,不过我要跟着你。”

“我告诉你,我要去寻找光明。”

我似乎听见一声“啊哟”,过了半晌,耳语又响起来:

“你不会找到光明。你还不如回头走别的路。”

“我一定要往前走。见不到光明,我就不停脚步。”

“但是你知道这地方离光明还有若干路程?你这一生又还可以走若干时候?”

“我不管这些事。只要我活着,我就要到那个地方去找光明。”

“你会什么也看不见,就疲倦地死在中

途。没有人埋葬你，却让你暴尸荒野，给兀鹰做食料。”

“我宁愿让兀鹰啄我的肉，却不想拿它们去喂狗。我宁愿疲劳地死在荒野，却不想安乐地躺在温暖的家中。”

“所有的人都会嘲笑你；谁都会忘记你。你口渴，没有人递给你一杯水。你倒下去，没有人搀扶你一把。你呻吟，便有人向你投掷石子。一直到死，你得不到一点点同情。”

“我为什么要别人的同情？难道我不相信自己？不相信自己的路？”

“那么你不怕寂寞？你不知道前面的路便是用寂寞铺砌的？”

“我知道。我的脚踏在寂寞上面，我的步子就显得更有力。寂寞会成为我的忠实伴侣。”

“你这个傻子，即使你得到光明，你拿它

来做什么用？你能将它当饭吃，当衣穿？”影子居然哂笑起来。

我昂然回答：“我若得到光明，就把它分给众人，让光辉普照世界。若得不着光明，我愿意一个人寂寞地死在中途。”

“但是为你自己，你留什么给你自己？”

“如果光明普照世界，我也可以分到一线光——”

“然而要是黑暗统治一切呢？”它打岔地问我。

“那么我就努力跟黑暗斗争，我要打破黑暗。”

“打破黑暗？你有多大的力量？”它哈哈笑起来。“我劝你不要过分看重自己。”

“不管我有没有力量，但是我有志愿，我有决心。我做不到，不要紧。别的人可以做到。”

“你这个疯子，你这个空想家。你不要安乐，你不要荣誉。你把寂寞当作宝贝，还要它做你的永久伴侣。你还要追求光明，打破黑暗，却不想，没有黑暗，我怎么能够生存？”它冷笑，它哂笑，它大笑。“算了罢，我也该死心了。老是跟着你，对我有什么好处？我不甘心做一个傻瓜，白白毁掉我自己。从这时候起，你走你的路，我走我的。让你去拥抱寂寞，任你去爱抚死亡。我会看到兀鹰啄尽你的肉，马蹄踏碎你的骨。”

带着几声轻蔑的大笑，我的影子离开了我。它走路没有声音，我不知它去向何处。我只看见一个黑影在我的眼角一晃。

于是我的耳边寂然了。

在我的眼前，那昏黄淡到成为一片灰黑。前面展开一条长的路。路是阴暗的，我抬起头用力向前望去，我要看透那阴暗。好像有一线光在远处摇晃，但亮光离这里一定很远。

路上只有我一个人。我慢慢地在寂静中移动脚步。我不记得我已经走了若干路程，也不知道还要走若干时候。

8月4日。

醉*

“我没有醉，我没有醉！”你只管摇着头这样否认，但是你的脸、你的眼睛、你的话语、你的举动无一样不告诉我们：你是醉了。

有的人醉后伤心哭泣，有的人酒后胡言乱语。我醉了时便捧着沉重的头，说不出一

* 本篇最初发表于一九四一年八月二十日《新蜀报·蜀道》。发表时题为《醉——给一个朋友》。

句话。你呢？

你永远是你那个老样子：你对我们披肝沥胆地讲个不停。的确你在挖你的心，像一个友人所说的。

酒使你改变了许多。你平时被朋友们称作“沉默寡言的人”。

我们都说你醉，你自己说没有醉。其实你酒后不是比不醉时更坦白、更真诚、更清楚么？酒后的你不是更能够表现你那优美的性格么？

沉默容易使人跟朋友疏远。热烈的叙说和自白则使人们互相接近。热情是有吸力的，酒点燃了你的热情，你的热情又温暖了我们的心。

酒从没有乱过你的本性，也没有麻痹过你的神经。酒却像一阵光常常照亮你全个身子、全个性格。你的醉不是头脑昏钝，却是精神昂扬。

在这里，暮夏的雨夜已使人感到凉意了。我很想看看你那醉脸，听听你那火热的话呢！

8月2日。

生*

是啊，老头儿，我已经生活过了，
要是没有那幸福的三天——
我的生活比起你那衰弱的老年
更是多么不幸，多么可怜。①

---

* 本篇最初发表于一九四一年十二月十五日《战时文艺》第一卷第二期。

① 见俄罗斯诗人米·莱蒙托夫（М. Ю. Лермонтов，1814—1841）的叙事诗《童僧》。

读着莱蒙托夫的诗句，我不觉想起了你。你应该比高加索少年木奇里更懂得生活。

叫做木奇里的童僧逃出寺院，追求自由，在树林里漫游了三天，迷了路，碰到了豹子，跟它搏斗，受了重伤，终于让寺院里的僧人找到，死在寺院里面。

然而他毕竟过了三天自由与斗争的生活。在他看来，他是尝到生活的滋味了。

我赞美他的话，我了解年轻的心的渴望。我们每个人都有过这种渴望。

但是你，我的一个畏友，我每想到生活，我就不能忘记你那清瘦脸上的微笑，你那坚定的表情，你那炯炯的目光。

至少最近十二三年来你是过着自由与斗争的生活的。我常常想用一本账簿记下来，你在这十二三年（我认识你的十二三年）中间，过了些什么样的日子，做了些什么事情。

我没有机会来记这笔账，但是将来一定有人用一支忠实而有力的笔写下它来。你应该满意你自己做了那许多事情。

你会满意么？我就从没有见过你的满意的面容。我若向你提说你的成绩，你便会回答我，你还有更多的责任。你说你的生活是一条长路，你必得见到光明，才肯躺下嘘一口气。

你没有家，没有任何可以称为属于自己的东西。你抛弃了安乐和荣誉，在集体的事业上贡献了你全部时间和精力。你追求光明，想把它带给亿万的同类。你追求自由，想把它还给受苦的人群。你生活在年轻人中间，帮助他们去获取幸福，鼓舞他们去争取自由，而且将他们引上光明灿烂的前途。

说努力，你留给自己的便是不倦的工作；说斗争，你自己甘冒任何的危险，忍受一切的艰苦，把一群天真的好心孩子集到你身边，你像一个长兄似地爱护他们，教育他们。年轻的一代人在你的庇荫下成长了，他们带着活泼的朝气勇敢地迈进人生大道。

看，那些年轻的亮眼睛，是谁使它们睁开了的？听，那些活泼勇敢的歌声，又是谁教练出来的？谁在荒地上种了花树？谁在废墟上建起高塔？

你还要否认什么呢？而且我问你，这十二三年内你自己又得到了什么呢？

你多了一身变了色的学生服，你添了一样难治的痔疮。

你把“利”践踏了，你把“名”埋葬了。捧着一碗糙米饭，一杯白开水，你可以毫无挂虑地和年轻人一起大声欢笑。

我羡慕你，我佩服你，我敬爱你。

然而要是有一天我把我这时的心情告诉

你，你一定会摇头说："这又算什么呢？这是很平常的事。我们必须开花。不然我们就会内部地干枯的。"①

你要引用居友的话，你是有权利的。在你这里，的确开放了人生之花。

只有你才真正了解生的意义。你才是一个真正生活过的人。跟你相比，那个满意地歌唱的高加索少年木奇里也应该是多么不幸，多么可怜了。

8月3日。

---

① 法国青年哲学家玛里-让·居友（1854—1888）说过："我们必须开花；道德、无私心就是人生之花；"又说："要是没有它，我们就会死亡，就会内部地干枯。"

梦*

据说“至人无梦”。幸而我只是一个平庸的人。

我有我的梦中世界，在那里我常常见到你。

昨夜又见到你那慈祥的笑颜了。

---

* 本篇最初发表于一九四二年一月《自由中国》新一卷第五、六期合刊。

还是在我们那个老家，在你的房间里，在我的房间里，你亲切地对我讲话。你笑，我也笑。

还是成都的那些旧街道，我跟着你一步一步地走过平坦的石板路，我望着你的背影，心里安慰地想：父亲还很康健呢。一种幸福的感觉使我的全身发热了。

我那时不会知道我是在梦中，也忘记了二十五年来的艰苦日子。

在戏园里，我坐在你旁边，看台上的武戏，你还详细地给我解释剧中情节。

我变成二十几年前的孩子了。我高兴，我没有挂虑地微笑，我不加思索地随口讲话。我想不到我在很短的时间以后就会失掉你，失掉这一切。

然而睁开眼睛，我只是一个人，四周就只有滴滴的雨声。房里是一片黑暗。

没有笑，没有话语。只有雨声：滴——滴——滴。

我用力把眼睛睁大，我撩开蚊帐，我在漆黑的空间中找寻你的影子。

但是从两扇开着的小窗，慢慢地透进来灰白色的亮光，使我的眼睛看见了这个空阔的房间。

没有你，没有你的微笑。有的是寂寞、单调。雨一直滴——滴地下着。

我唤你，没有回应。我侧耳倾听，没有脚声。我静下来，我的心怦怦地跳动。我听得见自己的心的声音。

我的心在走路，它慢慢地走过了二十五年，一直到这个夜晚。

我于是闭了嘴。我知道你不会再站到我的面前。二十五年前我失掉了你。我从无父的孩子已经长成一个中年人了。

雨声继续着。长夜在滴滴声中进行。我的心感到无比的寂寞。怎么，是屋漏么？我的脸颊湿了。

小时候我有一个愿望：我愿在你的庇荫下做一世的孩子。现在只有让梦来满足这个愿望了。

至少在梦里，我可以见到你，我高兴，我没有挂虑地微笑，我不加思索地随口讲话。

为了这个，我应该感谢梦。

8月3日。

死[*]

我记得在什么地方见过这样的一句话：

死是永生的门。

为着了解它的意义，我思索了许久。

---

* 本篇最初发表于一九四一年十一月二十五日《现代文艺》第四卷第二期。发表时题为《死——纪念范予兄》。

有一天我们在成都一个友人家中谈到你，你的死讯突然来了。

这消息是无可疑惑的。半个多月前还有朋友来信报告医生们对你的病下的诊断。那位朋友说，这个冬天便是你跟肺病挣扎的最后关头，结果不是你永闭眼睛，就是病永久消灭。

我们希望你战胜病，但是死捉住了你。

信静静地躺在桌上。我们痛苦地埋下头，怕看彼此脸上的痉挛。

死在我们的眼前慢慢地走过去。

“一个懂得生活的人死了，”友人叹息地说了一句。

“他不愿意死，他不应该死，然而偏偏是他先死去，”我制止不了我的悲痛的声音。

在成都，在重庆，在昆明，在任何地方，我都看到你的文章，你的充满活力、散布生命的文章，你鼓舞人勇敢地去体验生活，坚决地去征服生命。你赞美“生之欢乐”，你歌颂斗争的美丽。

一直到最后的日子，你没有停止过你那管撒播生命种子的笔，你蘸着生命的露水写字，你蘸着自己的赤热的血写字。有人说你是“生命的象征”。

“生命的象征”会在我们的眼前消失么？

我不相信你会死。便是在今天我们还想，你没有离开这个世界，你不过在远地方活着，你在做什么事情，或者你在埋头写什么东西。

今天离你去世的日子将近半年了。在这半年中我们一直在谈论你，我和许多朋友都在谈论你，像一个大家敬爱的活人，不像一个死去的影子。你始终活在我们中间，而且你将永远活在我们中间。

我们读着你写的文章，我们谈论你做过

的事情，我们重复着你说过的话，一直到我们离开这个世界。以后又有一代的人来读你的文章，谈论你的为人，遵行你的教训。

的确你始终活在我们中间，而且永远活在我们中间。这“我们”的意义一天比一天地在扩大。

你何曾死去？这不就是永生的开端么？

“死是永生的门。”我现在明白这句话的意义了。

8月4日。

附 录

关于《雷雨》

——给一个上海友人[1]

……从江安回来，我见到你的信。我在沙坪坝过了几天忙碌日子，把那大堆信件打发走了，昨天同一个朋友偷闲到南温泉来洗澡，今早那朋友回去了，我一个人住在青年会楼上二号房间里，先前才和住在这里的某友人去游了花溪，看了瀑布，倦了回来，想

① 上海友人：指吴天。他当时在上海剧艺社。

起我欠你的那封信，就在小桌前坐下来，随便给你写些话。

我在江安过了六天安静的日子，在那些天里，我常常和V兄[①]在一起，我们谈了许多事情。那是一个只有三千居民（？）的小城，夜晚七点钟街上就只有一片黑暗。我每天早晨从东市散步到西门，总要来回好几趟。逢着赶集的日子，我还可以在大街上徘徊许久，看乡下人笑嘻嘻地买卖东西。我住在V兄家中一间小楼里，那地方真静。每夜在那间楼房里我们隔了一张写字台对面坐着，望着一盏清油灯的摇晃的微光，谈到九、十点钟。有一天下午坐在街头一家小茶馆里，我们一面看街上衣服朴素的行人，一面谈话。这时我们忽然谈起了《雷雨》。

---

① V兄：指曹禺。

《雷雨》，这本感动了千万善良心灵的戏，如今差不多成了和“克腊西克”一样的东西，甚至在远僻的市镇里我们也会遇到它的读者和观众用赞叹的声音提起它。可是六年前在北平三座门大街十四号南屋中客厅旁那间用蓝纸糊壁的阴暗小房里，我翻读那剧本的数百页原稿时，还少有人知道这杰作的产生。我是被它深深感动了的第一个读者。我一口气把它读完，而且为它掉了泪。不错，我流过泪，但是落泪之后我却感到一阵舒畅，而且我还感到一种渴望，一种力量，在身内产生了，我想做一件事情，一件帮助人的事情，我想找个机会不自私地献出我的精力。《雷雨》是这样地感动过我。记得从前读托尔斯泰的《复活》时，我也有过同样的激动。

第二年在东京，我便看到《雷雨》的上

演。那时我住在神田青年会楼上一间小屋里。我还记得很清楚，你们贴了布告征求刊载这剧本的《文学季刊》(第三期)，你们在楼下大礼堂中排演它。我默默地注意着这事情的发展。每夜我伏在书案上听见你们在楼下背台词，听见你们的各种响动，我心里非常高兴，我知道一本好的作品已经渐渐地被人认识了，我知道我自己喜欢的东西也被别人喜欢了。我当时的快乐正像我在那陌生的国土里忽然遇到一个谈得来的熟朋友似的。

在那时候我第一次知道了你的名字，你是《雷雨》的导演者中的一人。靠了你们的努力，《雷雨》在东京上演了。这是我第一次看见那剧本的上演。你想不到我那时的喜悦。我接连看了三天戏，我没有感到些微的疲倦。我不说你们的演出是如何完美，但我知道你们是在怎样的困难情形中，种种物质条件的限制下从事了这工作的，你们的认真和苦干使我钦佩，使我感动。为了这，我就想认识你们。不久我居然有机会和你见面了，而且很快地我们就成了熟朋友。这有几个原因，然而说《雷雨》使我们接近，也不是没有道理。

我又想起了一九三五年我们在东京过的那些日子（H兄[①]的名字是应该在这里提起的，我和他好久不通信了），虽然我们当时常常带着愤慨讲话，虽然我进过半天的拘留所，但是因了我们这群朋友的温暖的情谊，那些日子还是值得怀念的。不知你和H兄还想到这些事情么？你的信更使我记起五年前的旧事了。

---

① H兄：指漫画家黄鼎。

可惜路隔了这么远，我不能飞过山，飞过海来看你的戏。不过我想，我的心可以越过空间的限制来到你们的身边。……

1940年11月19日重庆南泉。

关于小说中人物描写的意见*

××兄：

对你的问题，我实在不知道应该怎样回答。我虽然也写过几部小说，被人勉强算作一个文艺工作者，其实我对文艺还是一个门外汉。我第一次提笔写小说时，我只是“为

---

* 本篇最初发表于一九四一年三月二十日《抗战文艺》第七卷第二、三期合刊。发表时题为《关于两个三部曲》。

了安慰我的寂寞的心，为了发散我的热情，宣泄我的悲愤，为了替那些不合理的社会制度下面的牺牲者呼吁叫冤。因为我没有别的武器，我才拿起笔，用它做武器，来攻击我的敌人。”这是我在另一篇文章里说过的话。我为什么会写出类似小说的东西呢？我想一定是我从前读了不少的小说（特别是翻译的），受了一点影响，所以在寂寞痛苦，心受熬煎的时候，拿起笔想写点东西，就有意无意地采取了小说的形式。

自然我写第一本小说时，我心中也并不是空空的。我多少总算有一点计划；我先有了一些事情，后来便有一些人物。我想好书中应该有几个什么样的人，然后才在实生活里去找寻类似的面貌。最先我想写一个有着许多缺点，但有一颗伟大的心的革命者，我在实生活里去找寻面貌，找到的不只一个，我就慢慢地把他们拼凑起来，成了一个新的人。起初我只得到一个轮廓，我又陆续放进一点自己的想象，于是一个人的面目和性格明显地露了出来。这个人就是《灭亡》里的杜大心。他开始在我眼前活动，在我脑里活动，他说话，他愤怒，他爱，他受苦。我都看得清清楚楚，他就仿佛是我的一个朋友。在一个短时期中我的心灵全被他占去了，好像不是我在写这文章，却是他借我的笔在生活。我甚至在树林里散步的时候，（那时我每天早晨和晚饭后常在树林里散步），我还看见他在激昂地挥着手讲话，我这样写出了杜大心，我也同样地写出了《新生》中的李冷。这两个人和我的小说里面的人物不同，他们只有一半的真实，其余的一半则是从书本（尤其是一些外国革命家的传记）里来的。这样的两个人我在实生活里并没有遇见过，虽然李冷的在N地的日记还是根据一个朋友的狱中日记改写的。

这里叙说的并不是“人物描写法”，只是个人的一点小小经验。我虽然写出了上面那两个人物，但是我写得失败了，不过我想，失败的经验略略讲讲也无妨。

我以后还写了《爱情的三部曲》和《激流的三部曲》，这都不是像样的东西，它们现在还能够存在，那是由于批评家的宽容。似乎有人说过现在不需要这样的作品，其实我自己也就祈祷着它们早一天被淘汰，落进遗忘的墓里去。不过说句老实话，我私心颇喜欢这两个《三部曲》。我知道作品是失败的，但是我深爱那里面的几个主要人物。这些人都不是从我的想象中生出来的，他们是有血有肉的人。他们是我最熟习的，而且是我热爱过的。我很了解他们。他们的面影长留在我的心上，二三十年来从没有淡过。有时我一个人坐在静寂的屋子里对着书发呆，他们就会在我的脑里活动起来，像演戏一般地使许多旧事在我的眼前重现。是回忆，是怀念，是惋惜，常常使我的心落在无可补偿的过去的悲剧里再受一次煎熬。热情积起来成了一把火，烧着我的全身。热情又像一条被堵塞了出口的河水，它要冲出去。经过了长久的内心的斗争，决定了再拿笔写小说。这一次是人物，事情，地方一齐出现了。我把这一切组织起来，安排起来。人物是真实的，不过所谓“真实”在这里还有一个界限：我如果拿熟人做“模特儿”，我取的只是性格，我不取面貌和事实。我借重自己的想象，给这个人安排了一些事情，给那个人又安排了另一些事情。这些都是可能的，却不全是实有的，这里面甚至还有我自己做过的事。

我偶尔把个人的经历，放进我的小说里，也只是为了使我的叙述和描写更近于真实，而且我同时还留心到全书的统一性，我极力保持着性格描写的一致。

这两个《三部曲》花费了我几年的工夫。不过我写得很顺利。那些人物，那些性格，我知道得太清楚了，他们说话，他们动作，他们哭，他们笑，他们的态度，他们的思想，我都可以详详细细地描写出来，我认识他们就像认识我自己。所以写起来我毫不费力。我只要把背景布置好，事情安排好，然后从从容容地把人物一个一个介绍出来，让他们慢慢发展下去。固然是我拿起笔在写，其实倒不如说是他们自己在生活。许多事实我以前完全没有想到的，这时也自然发生了。有时我以前安排好的事情反而无法写在书里，性格的发展使我明白自己想象的错误，我不能把一些不适当的事情硬加在某一个人的身上。我既然让我的人物自己去生活，我在没有遇到障碍时，就索性让他们自由地走他们的路，反正背景是固定的，性格也是有了限制的，他们无论怎样活动总跳不出我的小说的圈子。

我就是这样地一直写下去的。从开始写到尾声，我觉得那些人在我的小说里活起来了。在我看来，他们就同活人没有两样。他们在我的眼前活动，受苦，哭，笑，以至于死亡。我分享他们的一切悲欢的感情。我悲哭他们的死亡。

这几本书永远保留着我的一些熟人的纪念。它们使我的记忆活起来。我在我的小说里找着了那些我最亲爱的人，靠了它们我居然还能够和那些人在一起过些可纪念的日子。我说我喜欢这两个《三部曲》，这是由于我的私人的情感来的。我没有写过一部我自己满意的小说。事实上我也不知道怎样写出一部好的作品。我写了十二年的小说，到现在还只能说是“开始学习”。我实在没有资格被称为小说家。你这次向我征求关于小说中人物描写的意见，可以说是“问道于盲”了。倘使上面的几段话不能算做答案，还请你原谅我，替我把这封信丢进字纸篓里去！

关于《龙·虎·狗》*

一

《创作回忆录》我准备写十篇，当然能多写更好。关于“回忆录”，我的看法常常在改变，最近有一位朋友劝告我丢开一切写

---

* 本篇最初发表于一九八〇年一月六日香港《文汇报》。

作计划，集中精力写自己的“回忆录”，他说这是“别人代替不了的工作”。恰恰相反，我认为我的结局应当是：“烧掉拉倒”，作家只用作品和读者见面，倘能得到读者的宽容，作品可以多活几年。至于个人所作所为，经过十年的内查外调，也应当弄得一清二楚，一、不需要再拿出来示众，二、不需要自己出来鸣冤叫屈，三、再没有人逼我写检查交代，四、我不想抬高自己也不愿贬低自己，那么为什么我还要罗嗦地谈自己的事情呢？因此我不打算写“自传”、“回忆录”之类的东西，即使以前写过，今后也不再写了。

但《创作回忆录》又当别论。我既然写了那许多作品，而且因为它们受到长期的批评和十年的批斗，对这些作品至今还存在着各种各样的议论以至于吱吱喳喳，那么回忆一番它们写作的经过，写出来帮助读者了解我当时的思想感情，自己似乎有这样的责任，因此在我的作品给摘下“毒草”帽子之后，我又写起《创作回忆录》来。这《创作回忆录》和五十年代、六十年代发表的《谈自己的创作》差不多，《谈自己的创作》在十年“文革”中给打成“作者替自己翻案的大毒草”，在上海专门开过一次批判它的批斗会。因此今天奋笔写作的时候，我还在想会不会再构成一次翻案的罪行。给蛇咬过的人看见绳子也害怕，我现在的顾虑也许是可以原谅的吧。

在以前几篇“回忆录”里我谈过了中、短篇小说和童话，这次我想谈谈我的散文，我就从《龙·虎·狗》谈起。《龙·虎·狗》是一九四一年八月我在昆明编成，寄给上海文化生活出版社的陆圣泉，由他发排出版的。我手边还有这个集子的两种版本：一九四二年一月的上海“初版”和一九四三年三月的“渝二版”，不用说，重庆版是用很坏的土纸印刷的。重庆版第一辑中少两篇文章(《寂寞的园子》和《狗》)，我一时想不起是什么原因，重庆版和当时在重庆出版的一般书刊一样，是经过了所谓“重庆市图书杂志审查处”审查的，封底还印着“审查证图字第二〇三〇号”字样。但是那两篇文章的矛头是对着日本侵略军的，不会得罪重庆市的审查老爷，而且他们也没有胆量抽掉它们。现在想不起不要紧，以后会慢慢想起来的，我用不着在这件小事上多花费脑筋。

我在抗战时期到昆明去过两次，都是去看我的未婚妻萧珊。第一次从上海去，是在一九四〇年七月；第二次隔了一年，也是在七月，是从重庆去的。《龙·虎·狗》中主要的十九篇散文是在一九四一年写的，只有第一辑里收的四篇文章中的前两篇是第一次在昆明小住时写成的，后两篇则是到四川以后的作品了。今天我重读这本集子，昆明的生活又非常鲜明地出现在我的眼前。我当时就住在那个寂寞的园子里，大黄狗是我的一个和善的朋友。

那是将近四十年前的事情。一九三九年年初我和萧珊从桂林回到上海，这年暑假萧珊去昆明上大学，我在上海写小说《秋》。那个时候印一本书不需要多少时间，四十万字的长篇，一九四〇年五月脱稿，七月初就在上海的书店发卖了。我带着一册自己加印的辞典纸精装本《秋》和刚写成的一章《火》的残稿，登上英商怡和公司开往海防的海轮，离开了已经成为孤岛的上海。那天在码头送行的有朋友陆圣泉和我的哥哥李尧林。我在"怡生轮"上向他们频频挥手，心里十分难过。

我一去就是五年。没有想到过了一年多陆圣泉就遭了日本宪兵队的毒手，我回到上海只能翻读他用陆蠡笔名发表的三本散文集：《海星》、《竹刀》、《囚绿记》。而李尧林呢，他已经躺在病床上等着同我诀别，我后来把他的遗体埋葬在虹桥公墓，接着用他自己的稿费给他修了一个不太漂亮的墓。然而十年浩劫一来，整个公墓都不见了，更不用说他的尸骨。

一九四〇年从上海去海防毫无困难：需要的护照，可以托中国旅行社代办，船票可以找旅行社代买，签证的手续也用不着我自己费神。那次航行遇到风在福州湾停了一天半，但终于顺利地到达了海防。在海防我住在一家华侨开设的旅馆里。上船时我是单身一个，在旅馆里等待海关检查行李时我已经结交了好几位朋友。我随身带的东西少，一切手续由旅馆代办，我只消出一点手续费。同行的客人中有的东西带得较多，被海关扣留，还得靠旅馆派人交涉，或缴税或没收，由那里的法国官员说了算。还有人穿着新的长统皮靴，给强迫当场从脚上脱下来。总之，当时从上海到所谓“大后方”去的人大都经由海防乘火车进云南，去昆明。我经过海防时法国刚刚战败，日本侵略军正在对法国殖民当局施加压力，要侵占越南，形势紧张，这条路的命运不会长了，但这里还是十分热闹、拥挤，也正是旅馆里的人大显身手的时候。我们等在旅馆里，同行的人被海关扣留的东西都一件一件地给拿了回来。这样大家就动身继续往前走了。

我们自动地组织起来，身强力壮的人帮忙管理行李，对外交涉，购票上车，客栈过夜，只要花少许钱都办得顺利。我们从海防到河内，再由河内坐滇越路的火车到老街，走过铁桥进入中国国境。火车白昼行驶，夜晚休息，行李跟随客人上上下下，不仅在越南境内是这样，在云南境内一直到昆明都是这样。靠了这个自发的组织，我在路上毫不感到困难。跟着大家走，自己用不着多考虑，费用不大，由大家公平分担。所谓大家就是同路的人，他们大都是生意人，也有公司职员，还有到昆明寻找丈夫的家庭妇女。和我比较熟悉的是一位轮船公司的职员和一位昆明商行的“副经理”，我们在海轮上住在同一个舱里。“副经理”带了云南太太回上海探亲，这条路上的情况他熟悉，他买了好几瓶法国三星牌白兰地酒要带出去，为了逃税，他贿赂了海关的越南官员，这当然是通过旅馆的服务员即所谓接客人员进行的。我看见他把钞票塞到越南人的手里，越南人毫无表情，却把钞票捏得紧紧的，法国人不曾觉察出来，酒全给放出去了。做得快，也做得干脆，这样的事以后在不同的地方我也常有机会见到。他们真想得出来，也真做得出来。

这以后我们就由河口铁桥进入中国境内。在“孤岛——上海”忍气吞声地生活了一年半，在海防海关那个厅里看够了法国官员的横暴行为，一旦踏上我们亲爱的祖国的土地，我的激动是可以想象到的。我们在河口住进了客栈，安顿了行李，就到云南省出入境检查机关去登记。这机关的全名我已经忘记，本来在一九四〇年我用过的护照上盖得有这机关的官印，护照我一直保存着，但到了一九六六年九月十日上海作家协会的“造反派”在抄家的所谓“革命行动”中从我家里拿走后，就像石沉大海，因此我连这一段

“回忆”差一点也写不出来。机关的衙门并不堂皇，官员不多，然而他们有权威。他们检验了护照，盖了印，签了字，为首的官员姓杨。大家都给放过了，只有我一个人遇到了麻烦。我的护照上写明：“李尧棠，四川成都人，三十六岁，书店职员。”长官问我在哪一家书店工作，我答说“开明书店”。他要看证件，我身上没有。他就说：“你打个电报给昆明开明书店要他们来电证明吧。”他们把护照留了下来。看情形我不能同大家一起走了。同行的人感到意外，对我表示同情，仿佛我遭到什么不幸似的。我自己当然也有些苦恼，不过我还能动脑筋。我的箱子里有一张在昆明开明书店取款四百元的便条，是上海开明书店写给我的。我便回到客栈找出这张便条，又把精装本《秋》带在身边，再去向姓杨的长官说明我是某某人，给他看书和便条。这次他倒相信，不再留难就在护照上盖了印、签了名，放我过去了。

这是上午的事。下午杨先生和他两位同事到客栈来找我，我正在街上散步，他们见到商行副经理，给我留下一张字条，晚上几点钟请我吃饭，并约了我那两位同行者作陪。到了时候三位主人又来客栈寒暄一通，同我们一起大摇大摆地走过铁桥，拿出准备好的临时通行证进入越南老街，在一家华侨酒家吃了一顿丰盛的晚餐。饭后我们有说有笑地回到河口，主人们还把我们送到客栈门口，友好地握手告别。第二天早晨我就离开那个一片原始森林的小城，以后再也没有同那三位官员见面，他们也没有给我寄来片纸只字。他们真是突然出现，又突然消失了。但是在老街过的那一两个钟头，今天回想起来还觉得愉快。

从河口去昆明仍然是白天行车，晚上宿店，我们还是集体活动，互相照顾，因此很顺利地按时到达了终点站。萧珊和另一位朋友到月台来接我，他们已经替我找到了旅馆。同行者中只有那位轮船公司职员后来不久在昆明同我见过一面，其余的人车站匆匆一别，四十年后什么也没有了，不论是面貌或者名字。

我在旅馆里只住了几天。我去武成路开明书店取款，见到分店的负责人卢先生。闲谈起来，他说他们租得有一所房屋做栈房，相当空，地点就在分店附近，是同一个屋主的房屋，很安静，倘使我想写文章，不妨搬去小住。他还陪我去看了房子。是一间玻璃屋子，座落在一所花园内，屋子相当宽敞，半间堆满了书，房中还有写字桌和其他家俱。我和卢先生虽是初次相见，但我的第一本小说（《灭亡》）和最近一本小说（《秋》）都是在开明书店出版的，开明书店的职员都知道我，因此见一两面，我们就相熟了。我不客气地从旅馆搬了过去，并且受到他们夫妇的照料（他们住在园中另一所屋子里），在那里住了将近三个月，写完了《火》的第一部。

我在武成路住下来，开始了安静的写作生活，这对我也是意外，我在上海动身时并没有想到在昆明还能找到这样清静的住处。《静寂的园子》和《狗》就是在这里写的。我坐在玻璃屋子里，描写窗外的景物和我的思想活动，看见什么就写什么，想到什么就写什么，想怎样结束就怎样结束，我写散文从来就是这样，但绝不是无病呻吟。住下来的头两个月我的生活相当安适，除了萧珊，很少有人来找我。萧珊在西南联合大学念书，暑假期间，她每天来，我们一起出去“游山玩水”，还约一两位朋友同行。武成路上有一间出名的牛肉铺，我们是那里的常客。傍晚或者更迟一些，我送萧珊回到宿舍。早晚我就在屋子里写《火》。我写得快，原先发表过六章，我在上海写了一章带出来，在昆明补写了十一章，不到两个月就把小说写成了。虽然不是成功之作，但也可以说是一个意外的收获。对这本书的完成，卢先生给我帮了不少的忙，他不但替我找来在《文丛》上发表过的那几章，小说脱稿以后他还抄录一份寄往上海。我住在武成路的时候，他早晚常来看望。后来敌机到昆明骚扰、以至于狂炸，他们夫妇还约我（有时还有萧珊）一起在郊外躲警报。我们住处离城门近，经过一阵拥挤出了城，就不那么紧张了。我记得有一次我们在郊外躲了两个钟头，在草地上吃了他们带出去的午餐。我在《静寂的园子》里还提到这件事。

这次在昆明我写的散文不过寥寥几篇，但全都和敌机轰炸有关，都是有感而发的。几篇随感和杂文给我编在杂文集《无题》里面了。收在《龙·虎·狗》中的就只有我前面讲过的那两篇(《静寂的园子》和《狗》)。有些数字在我的脑子已经模糊，我说不清楚我是在十月下旬的哪一天去重庆的，只记得是沈从文同志介绍一位在欧亚航空公司工作的朋友(查阜西同志吧？)替我买的飞机票。我离开昆明的时候，日本侵略军对这个城市正在进行狂轰滥炸。日本帝国主义终于挤进了越南(河口铁桥早已炸断)，他们的飞机就是从越南飞来的。对于和平城市的受难，我已经有了丰富的经验，一九三七年下半年在上海，一九三八年上半年在广州，下半年在桂林，生命的毁灭、房屋的焚烧、人民的受苦，我看得太多了！但是这一切是不是就把中国人民吓倒了呢？是不是就把中国知识分子吓倒了呢？当然没有。上飞机的前一两天，我和开明书店的卢先生闲谈，我笑着说："我们都是身经百炸的人。"他点头同意。

他的经验更丰富。前一两年他坐公路车在贵阳附近翻车，左膀跌断，在中央医院治疗，左膀上了石膏给绑在架上，发了警报后他不便下洞躲避，人们给他一把剪刀，准备在危急的时候剪断绑带逃命。贵阳市遭大轰炸时，他正在医院里，他不但保全了性命，也保全了胳膊。关于他，我还有话可说。以前我只听见别人谈起他，例如翻车断臂的事。在昆明我们才是第一次见面（也有可能他在上海见过我）。听说他本来研究我国古代文学，在上海开明书店担任编辑一类职务，他的岳父是知名的学者，他的妻子也研究中国文学，不知道怎样他给派到昆明当了分店经理，可能因为他能干，可能因为他可靠。那个时候开明书店发行教科书，销售量大，做一名分店经理，只要不是傻瓜，就不会放过发财的机会，他的生活条件可以不断改善。他们夫妇一直待在昆明。全国解放后他们的情况有改变，后来开明书店与中国青年出版社合并，我就没有再看见他。一九五七年听说他们夫妇给戴上了“右派”帽子，从此什么都完了。果然不到几年，就听说他们都死了。我不曾仔细打听过他们的遭遇，也不知道向哪里打听方便、可靠，而且我没有精力和时间。现在萧珊已经逝世，孩子们都是新时代的人，我即使谈起武成路玻璃屋子的情况，家里也没有人感兴趣了。但是想到那个“身经百炸”的人的归宿，我觉得十分难过，但愿有人为这一对亡灵摘去沉重的“帽子”，让他们在泉下得到安息。

二

我第二次到昆明在第二年（一九四一年）七月，也是为了看望萧珊。她已经搬出联大宿舍，和几个同学在先生坡租了房子，记得是楼上的三间屋子，还有平台。我一九四三年在桂林写《火》第三部时，常常想起这个住处，就把它写进小说，作为那个老基督徒田惠世的住家。“这是一排三间的楼房，中间是客厅，两旁是住房，楼房外有一道走廊，两间住房的窗外各有一个长方形的平台，由廊上左右的小门出入。”楼下住着抽鸦片烟的房东。萧珊她们三个女同学住里面的一间，三个男同学住外面的一间。我来的时候，萧珊的一个女同学和两个男同学刚去路南县石林参观，她留下来等我，打算邀我同去。谁知我一到昆明，就发烧、头昏、无力，不得不躺下来一连睡了几天。有两天放了空袭警报甚至紧急警报，我跑不动，萧珊坚持留下陪我。敌机好久不来轰炸，大家也就大意了，这两次敌机都没有投弹，我们也不曾受惊。但一个月后（因为正碰到雨季，这中间下了一个月的雨）敌机在这附近扔了炸弹，那天警报解除，我们从郊外回来，楼上三间屋子里满地碎砖断瓦，倘使我躺在床上不出去，今天就不能在这里多嘴了。

我第二次来昆明遇到的轰炸，是在《龙·虎·狗》已经编成、原稿寄往上海之后，因此收在《龙·虎·狗》里的十九篇散文中没有一篇描述炸后昆明的情况。《龙·虎·狗》的《序》是在八月五日写的，当时我还在埋怨“差不多天天落雨”，说“听到淅沥的雨声……真叫人心烦”。还说“这雨不知要下到哪一天为止”。但正是这雨使我能够顺利地写成这些文章、编成集子。在这落雨的日子里我每天早晨坐在窗前，把头埋在一张小书桌上，奋笔写满两三张稿纸，一连写完十九篇。题目是早想好了的：《风》、《云》、《雷》、《雨》；《日》、《月》、《星》；《狗》、《猪》、《虎》、《龙》；《醉》、《生》、《梦》、《死》；《死去》、《伤害》、《祝福》、《抛弃》（只有最后四个略有改动）。我有的是激情、有的是爱憎。对每个题目，我都有话要说，写起来并不费力。我不是在出题目做文章，我想，我是掏出心跟读者见面。好像我扭开了龙头，水管里畅快地流出水来。那些日子里我的生活很平静，每天至少出去两次到附近小铺吃两碗“米线”，那种可口的味道我今天还十分怀念。当然我们也常常去小馆吃饭，或者到繁华的金碧路一带看电影。后来萧珊的同学们游罢石林归来，我们的生活就热闹起来了。虽然雨给我们的生活带来一些不便（我们不是自己烧饭，每天得去外面喂饱肚子；雨下大了，巷子里就淹水；水退了，路又滑，走路不小心会摔倒在泥水地上，因此早晚我不外出），可是在先生坡那座房子的楼上我感到非常安适，特别是在早晨，我望着窗外的平台，让我的思想在过去和未来中海阔天空地往来飞腾。当时并没有人号召我解放思想，但我的思想已经习惯了东奔西跑、横冲直撞。它时而进入回忆、重温旧梦，时而向幻想叩门，闯了进去。在我的文章里回忆和理想交替地出现。在我的笔下活动的是我自己的“意志”。我在当时是没有顾虑的。我写《龙·虎·狗》，我说：“我在地上拾起一块石子，对准它打过去。……从此狗遇到我的石子就逃。”我说：“死了以后还能够使人害怕，使人尊敬，像虎这样的猛兽应该是值得我们热爱的吧。”我又说：“龙说：‘我要乘雷飞上天空。然后我要继续去追寻那丰富的充实的生命。’”为了人民，放弃自己的利益，这就是生命的“开花”。我重读三十八年前的旧作，我觉得我并没有讲过假话，骗过读者。

《龙·虎·狗》写成后在上海和重庆各印过两版，印数不会多。后来我把它编在《文集》第十卷中，抽出了一篇《死去》，这并无深意。自从一九二九年我发表《灭亡》以来，挨的骂实在不少，仿佛我闯进文坛，引起了公愤。我当时年少气盛，又迷信科学，不相信诸葛亮会骂死王朗，因此不但不服，而且常常回敬几句。在这篇散文里我梦见自己死去给埋葬以后，人们在墓前“举行大会，全体围绕棺盖站立，来一个集体唾骂”。

他们劈开棺材进行批判，我忍受不了，忽然坐了起来。大家吓得大叫“有鬼”，“马上鸟兽似地逃散了”。一九五九年我删去这篇一九四一年的文章，还暗中责备自己的“小器”和“不虚心”。我万万想不到这种劈棺暴尸的惨剧在“四人帮”时期居然成了“革命的行动”。《人生蛋和蛋生人》的作者生物学家朱洗就是在死后成为“反动学术权威”，既给挖了坟，又受到批判。这样看来我似乎成了预言家了。不过今天想想，还是删去它为好。

现在我实在想不起来，那讨厌的雨是在哪一天停止的，大约是在八月十日前后吧，因为我十八日写了一篇叫《废园外》的散文，讲起“八月十四日的惨剧”，至少这个城市在十四日遭到轰炸，先生坡附近就落过弹，我在前面讲到的楼房受震，砖瓦遍地，可能还是那天以后的事，所以散文的结尾有这样的句子："我应该回家了，那是刚刚被震坏的家，屋里到处都漏雨。"一连几天我中午或傍晚出去散步，经常走到那个"灾区"，花园里的防空洞中了弹，精致的楼房只剩下一个空架子，土坡上躺着三具尸首，用草席盖着，中间一张草席下露出一只瘦小的泥腿，有人指着死尸说："陈家三小姐，刚才挖出来。"难道我没有看够这样的惨剧？在我这年年底写成的《还魂草》里也有少女的死亡，那是在重庆沙坪坝发生的事情，我写得比较详细，真真假假，揉在一起。可是在一千多字的《废园外》中"带着旺盛生命的红花绿叶"还在诉说一个少女寂寞生存的悲惨故事。我的叙述虽然带着淡淡哀愁的调子，但我控诉了敌人的暴行，也不曾放过我的老对头——封建家长、传统观念和旧的风习。我不会向任何时期出现的封建幽灵低头。

我在昆明住到九月，就同萧珊，还有一个姓王的朋友，三个人一路去桂林旅行。我们都是第二次到桂林。萧珊只住了一个短时期就回联大上学。我和姓王的朋友留了下来，住在新成立的文化生活出版社办事处。我和萧珊谈了八年的恋爱，到一九四四年五月才到贵阳旅行结婚，没有请一桌客，没有添置一床新被，甚至没有做一件新衣服。将近两年的时间我们住在出版社里，住在朋友的家里，无法给自己造个窝，可是我们照样和睦地过日子。关于她，我要在下一篇回忆里多谈一点，在这里我不罗嗦了。

1979年12月26日。